Dans les bras d'un séducteur

CATHY WILLIAMS

Dans les bras d'un séducteur

Traduction française de
CELIA VAL

Azur

HARLEQUIN

Collection : Azur

Titre original :
RUTHLESS TYCOON, INEXPERIENCED MISTRESS

HARPERCOLLINS FRANCE
83-85, boulevard Vincent-Auriol, 75646 PARIS CEDEX 13
Service Lectrices — Tél. : 01 45 82 47 47

www.harlequin.fr

ISBN 978-2-2803-5346-5 — ISSN 0993-4448

1.

D’une humeur massacrante, Cesar s’engagea dans l’allée sombre qu’indiquait le GPS de sa Bentley. Il était plus de 21 heures et le temps s’était singulièrement gâté depuis qu’il avait quitté Londres pour ce coin perdu, en plein milieu du Kent. Pour couronner le tout, la neige s’était mise à tomber et ses essuie-glaces s’agitaient frénétiquement depuis une heure.

Quand il avait fixé ce rendez-vous avec Fernando, il espérait bien que son frère le rejoindrait à son club londonien. Dieu seul sait pourquoi Freddy — comme ses proches le surnommaient — avait insisté pour le faire venir ici. Il aurait dû savoir que son aîné ne mettait jamais les pieds dans des endroits pareils !

Le GPS le conduisit jusqu’à un immeuble qui avait tout d’un entrepôt désaffecté. Cesar étouffa un juron en coupant le moteur. S’était-il trompé d’adresse ? Les murs lépreux étaient couverts de graffitis, et son frère n’était pas du genre à fréquenter pareil taudis. Fernando avait passé sa vie à éviter tout inconfort, et d’ailleurs, il avait plutôt bien réussi jusqu’à présent…

Etouffant un juron, Cesar sortit de la voiture pour examiner la façade du bâtiment : aucune porte n’était en vue… De mieux en mieux ! Autant en prendre son parti, son vendredi soir était bel et bien fichu. Il allait s’en assurer, d’ici à la fin de la soirée, Fernando aurait largement de quoi méditer sur ses inconséquences et regretter l'idée saugrenue qu'il avait eue de faire sortir son frère de Londres par ce temps.

Après quelques minutes, Cesar finit par découvrir l'entrée habilement dissimulée sous des graffitis. Il ouvrit et, sous le coup de la surprise, s'arrêta net sur le seuil. Le lieu ne correspondait en rien à ce qu'il laissait présager de l'extérieur. Une trentaine de personnes déambulaient dans ce qui semblait être un club select. La pièce, plongée dans une pénombre à laquelle il s'accoutumait peu à peu, était meublée des fauteuils de cuir et des sofas, répartis autour de tables basses. Au fond s'étendait un long bar en L autour duquel se tenaient des convives. Il ne fallut pas longtemps à Cesar pour repérer son frère au centre d'un groupe animé. Fernando n'avait pas son pareil pour focaliser toutes les attentions.

Cesar sentit sa colère flamber à nouveau. Il avait pourtant bien spécifié à son frère qu'il voulait un rendez-vous en tête à tête pour discuter du fonds fiduciaire dont il bénéficiait Comment trouver une seconde de tranquillité dans ce qui avait tout l'air d'une soirée privée ? Le faible éclairage permettait tout juste de distinguer le profil des invités, mais connaissant son frère, Cesar ne doutait pas qu'on y trouverait en majorité pin-up blondes, joueurs invétérés et bons à rien, tous partageant la même ambition que lui : dilapider la fortune familiale tout en évitant comme la peste tout ce qui ressemblait à un travail.

La dernière fois qu'il avait vu son frère lors d'une réunion familiale à Madrid, Cesar avait en vain tenté de l'intéresser à la gestion de leur fortune. Il avait alors averti Fernando qu'il allait regarder de près la façon dont il dépensait les rentes que lui versait le fonds fiduciaire et que, si nécessaire, il lui couperait les vivres jusqu'à ce qu'il le juge en capacité de gérer cet argent.

— Il est temps que tu fasses quelque chose de ton existence, ou tu pourras dire adieu à ton style de vie, l'avait-il prévenu.

Fernando avait réagi comme à son habitude, évitant le plus possible les bureaux de son frère pendant un moment…

Le groupe entourant Fernando s'étant dispersé, Cesar s'approcha en lui décochant un sourire narquois. A côté de Fernando se tenait un ado aux cheveux courts en bataille, que Cesar choisit d'ignorer.

— Fernando, j'avais pourtant bien dit un endroit calme…

— Mais nous sommes vendredi soir, grand frère ! répondit Fernando avec son sourire ravageur. Profite un peu de la vie ! Nous pourrons discuter demain, et d'ailleurs, je voulais te montrer ce lieu. Sympa, non ?

Il désigna le hangar d'un geste large, attendant sans doute une réaction. Il n'obtint qu'un silence glacial.

— Mais je me montre mal élevé, reprit-il sans se démonter en se tournant vers l'adolescent qui s'était mis de côté à l'approche de Cesar. Je ne t'ai pas encore présenté Judith. Jude, voici mon grand frère, Cesar. Que puis-je t'offrir, Cesar ? Whisky ?

Fernando n'attendit pas sa réponse qu'il s'éloignait déjà.

— Et pour moi, ce sera un verre de vin, Freddy, lança Jude.

Fernando parti, Jude se retrouvait en tête à tête avec l'homme le plus intimidant qu'il lui ait jamais été donné de rencontrer.

C'était donc lui, le fameux Cesar… Pas étonnant que Freddy ait tremblé à l'idée de leur discussion. Cesar avait vingt bons centimètres de plus que son frère. Alors que Freddy était plutôt mignon, le genre d'homme avec qui on avait envie de flirter, Cesar, lui, était franchement impressionnant. Son visage sombre, sculpté au couteau, n'invitait nullement à la familiarité.

Jude s'efforça de sourire. Amadouer Cesar faisait partie

du plan dressé par Freddy qui mourait d'envie comme de crainte de montrer à son frère le nouveau lieu dont il s'était porté acquéreur. C'était un ancien entrepôt réhabilité qui possédait tous les atouts pour devenir le club de jazz de ses rêves : il ne restait plus qu'à y injecter des fonds. Mais ces fonds, lui avait expliqué Freddy, étaient en passe de lui être retirés… Sans le soutien de Cesar, l'affaire péricliterait.

La meilleure manière de s'assurer l'approbation de son aîné était de lui montrer les débuts de l'aventure, de lui faire toucher du doigt les potentialités du club, de lui prouver que lui, Freddy, avait tourné la page : il n'était plus le play-boy paresseux d'antan. Dans ce but, il avait invité ceux qui avaient investi ou participé à la création du lieu, y compris Jude, bien sûr : banquiers, avocats, experts-comptables…

— Freddy m'a beaucoup parlé de vous, lança-t-elle en se démontant le cou pour le regarder tant elle se sentait petite face à lui.

— Eh bien, de mon côté, je ne sais absolument pas qui vous êtes ni pourquoi Freddy m'a fait venir ici, rétorqua Cesar en fronçant les sourcils.

Cesar avait à peine regardé la jeune femme et il savait pourquoi : avec ses cheveux courts, elle était si peu féminine qu'il l'avait au début prise pour un garçon.

Jusqu'alors, Cesar avait une idée précise de ce à quoi devait ressembler une femme. Et Jude ne correspondait en rien à cette image.

— Eh bien, fit Jude en s'éclaircissant la gorge, je pense qu'il veut… vous présenter certains… de ses amis.

— J'en ai déjà croisé par le passé et, croyez-moi, je ne tiens pas à en rencontrer d'autres.

Ceci dit, il n'en avait jamais vu qui ressemble à ce petit bout de femme, à mille lieues de celles que son frère aimait mettre dans son lit. Que pouvait-elle bien faire ici ? Il la toisa.

— Qui êtes-vous, au juste ? Et comment connaissez-vous Fernando ? Il ne m'a jamais parlé de vous.

Cesar, qui payait les factures de Fernando, savait que celui-ci aimait à se montrer généreux avec les femmes. Depuis l'âge de dix-huit ans, il les attirait comme un aimant et les moins scrupuleuses se faisaient fort de le plumer. Cependant, cette jolie brune ne ressemblait pas à une croqueuse de diamants. Soudain, sa curiosité piquée, il voulut en savoir plus sur les relations de son frère avec cette Judith. Fernando n'allait pas tarder à revenir avec les boissons, autant profiter des quelques minutes de tranquillité qui lui restaient pour se faire une opinion.

Il désigna un sofa d'un geste du menton.

— J'ai eu un trajet épouvantable pour venir ici : allons nous asseoir et vous me direz ce qui vous lie à mon frère.

En l'entendant, Jude se demanda comment il parvenait à donner un ton si menaçant à une simple invitation. Elle regarda alentour : nulle trace de Freddy. Il s'était sans doute laissé détourner de son intention première. C'était l'un de ses défauts, il ne restait jamais concentré suffisamment longtemps pour achever quoi que ce soit sans se laisser distraire.

— Rien ne me lie à votre frère, dit-elle une fois qu'elle eut pris place sur le luxueux sofa qui occupait l'angle de la pièce. Et j'ai la curieuse impression que vous m'examinez…

Elle rit nerveusement, tentant de distinguer l'expression de Cesar, mais la lumière tamisée ne laissait percevoir que les ombres et les angles de son visage.

— Vraiment ? Je ne cherche qu'à savoir comment vous vous êtes rencontrés. Simple curiosité.

— Eh bien, je l'aide à construire… un projet.

Les consignes que Judith avait reçues étaient claires : elle devait vanter la solidité du projet de Freddy et son désir de bien faire.

— Un projet ?

— Je pense qu'il préférera vous en parler lui-même, dit Jude alors que Cesar se penchait vers elle, les coudes posés sur les cuisses.

— Ecoutez, je suis venu ici dans le but d'avoir une conversation sérieuse avec lui au sujet de son avenir. Au lieu de cela, je me retrouve dans une sorte de bar clandestin, entouré de gens que je n'ai aucune envie de rencontrer et averti d'un mystérieux projet dont jamais Fernando ne m'a parlé. Quel rôle jouez-vous là-dedans ?

— Je ne suis pas sûre d'aimer le ton que vous employez.

— Je ne suis pas sûr d'aimer votre petit jeu, répliqua Cesar du tac au tac. Depuis combien de temps connaissez-vous Fernando ?

— Presque un an.

— Bon. Et vous en êtes à quel degré d'intimité ?

— Où voulez-vous en venir ?

— Même si je ne vois pas mon frère tous les jours, je le connais bien, et les amitiés platoniques n'ont jamais été son fort. Il a toujours aimé les femmes faciles, expertes au lit, de préférence blondes à forte poitrine. Et plutôt légères. Où vous situez-vous dans ce tableau ?

Indignée, Jude sentit le rouge lui monter aux joues. Elle prit une longue inspiration pour retrouver son calme. Pendant ce temps, Cesar continuait, imperturbable :

— S'il vous a parlé de moi, c'est que vous êtes davantage qu'une simple relation de travail. Pouvez-vous me dire quoi exactement ?

Sauvée par le gong… ou plutôt par Freddy qui arrivait enfin, verres à la main.

*
* *

Cesar aperçut le soulagement qui se peignait sur les traits de Jude. Il nota tout, du regard vif qu'elle échangea avec son frère à la dénégation qu'elle lui opposa après qu'il lui eut murmuré quelques mots à l'oreille. Ensuite, elle prit son verre et les quitta dès qu'elle put le faire sans paraître impolie. Cesar observa sa silhouette qui s'éloignait, notant l'ondulation de ses hanches. En dépit de son allure garçonne, quelque chose de gracieux et d'intrinsèquement féminin se dégageait de sa démarche. Quoi qu'il en soit, il se pencherait plus tard sur son cas. Elle et son frère mijotaient quelque chose et il était bien décidé à savoir quoi. Mais il avait tout son temps. Attendre et observer. Il savait que c'était là le meilleur moyen pour découvrir ce que son frère préparait. Il s'y tint donc tandis que son frère le présentait à un groupe de gens étonnamment normaux. Mais où étaient passés les pin-up habituelles, les jeunes gens riches à la conversation ennuyeuse ? Ce soir, bizarrement, tout le monde semblait passionné par des questions d'investissement… La tournure imprévue de cette soirée l'amusait finalement, et Cesar se prêta volontiers à la discussion, de sorte qu'il passa un moment plutôt agréable.

La soirée touchait à son terme. Dehors, la neige redoublait. Parmi ceux qui se pressaient pour rejoindre leur voiture, Cesar remarqua Jude, enveloppée dans une grande écharpe. L'éclairage avait été rétabli pour faciliter la sortie, et il la voyait bien, à présent : ses cheveux courts étaient striés d'auburn et son visage n'était pas du tout masculin. Au contraire. De longs cils entouraient ses yeux bruns en amande et sa bouche était pleine, bien dessinée et sexy, contrastant avec son allure juvénile.

Fernando avait toujours préféré les femmes à la beauté fatale, c'était vrai, mais qui pouvait dire l'apparence que pouvait prendre une croqueuse de diamants ? Les plus subtiles pouvaient se révéler les plus dangereuses…

Et voilà qu'elle parlait encore à son frère, vite et à voix basse. Mais de quoi ?

— Je n'avais pas prévu de passer la nuit ici, dit Cesar, interrompant leur conversation.

— Désolé, fit Freddy avec un sourire d'excuse. Il y a un excellent hôtel en ville…

— Tu ne loges pas dans le coin ?

— Si, mais je n'ai qu'un petit studio…

Cesar sentait les yeux de Jude sur lui depuis qu'il les avait rejoints. Il se tourna vers elle, mais elle détourna aussitôt le regard, pinçant les lèvres.

— La neige a redoublé, les hôtels risquent d'être complets. Je n'ai aucune envie de tenter ma chance sans avoir vérifié avant. Alors, donne-moi un numéro de téléphone pour que je réserve une chambre.

— Je n'ai pas de numéro d'hôtels sur moi, dit Freddy, d'un air gêné.

Il jeta un coup d'œil à Jude qui poussa un soupir résigné.

— Si vous me déposez chez moi, intervint-elle, je pourrais vous réserver une chambre.

— Vous n'avez pas de voiture ?

— C'est Freddy qui m'a conduite ici.

— Tiens donc, fit Cesar avec un sourire en coin. Eh bien, il semblerait que je ne puisse refuser cette proposition. Et demain, Fernando, nous aurons notre petite discussion…

— Bien sûr, grand frère ! fit son cadet en le serrant contre lui d'une manière presque exagérée.

Cesar était habitué à la relation distante qu'il entretenait avec son frère mais, pendant un instant, il ressentit une pointe de regret devant l'affection étudiée que ce dernier lui témoignait. La perte de leurs parents, alors que Fernando entrait dans l'adolescence, aurait dû les rapprocher, mais c'est le contraire qui s'était produit.

Recevant le poids des affaires familiales sur ses épaules, Cesar n'avait pas eu assez de temps à lui accorder et il se demandait souvent s'il n'avait pas manqué à son devoir le plus important : aimer son frère. Il avait dû assumer très vite les responsabilités de leur empire financier et s'était montré impatient devant le manque d'ambition de Fernando, qu'il considérait comme une faiblesse.

Irrité du cours que suivaient ses pensées, Cesar les chassa : après tout, il avait toujours fait de son mieux.

— Ma voiture est dans la rue, dit-il.

— Tu aurais pu utiliser le parking, à l'arrière…

— Figure-toi que je n'ai même pas soupçonné qu'il en existait un. J'ai même cru que je m'étais trompé d'adresse en voyant ce bâtiment miteux.

Freddy eut un sourire radieux.

— C'est malin, n'est-ce pas ? On ne sait pas du tout ce qu'on va trouver… Mais nous reparlerons de tout cela demain.

Alors que Freddy battait déjà en retraite, Jude lui lança un regard furieux. La dernière chose qu'elle voulait était de se retrouver coincée dans une voiture avec Cesar, mais elle n'avait pas d'autre option. Freddy ne pouvait vraiment pas l'héberger. Pas avec Imogen à l'appartement… Elle rougit en songeant à ce mensonge par omission. Imogen aurait dû être présente ce soir, mais Freddy avait insisté pour qu'il n'en soit rien. Cesar ne devait pas la rencontrer, au moins pour le moment. Et maintenant qu'elle connaissait ce dernier, Jude comprenait pourquoi. Le soupçon semblait une seconde nature chez lui car, l'air de rien, il lui avait fait passer un véritable examen. Au premier regard jeté à Imogen, cette jeune femme blonde aux jambes interminables, Cesar aurait rayé Freddy des bénéfices du fonds fiduciaire. Et s'il avait appris qu'Imogen était enceinte de sept mois, il aurait frôlé la crise cardiaque.

Alors que Cesar lui tint la portière de sa voiture ouverte, Jude en profita pour observer la carrosserie et les banquettes luxueuses de la Bentley.

— Je n'habite pas loin d'ici, mais c'est en pleine campagne et il faut suivre des petits chemins de terre pour y arriver. Je ne suis pas sûre que votre voiture y parvienne, surtout avec cette neige.

Cesar démarra.

— Cette voiture est tout terrain, affirma-t-il.

— Ces petites voitures de sport font sans doute merveille à Londres, mais ici, au fin fond du Kent et sous la neige, je doute qu'elle convienne…

Cesar lui décocha un regard dubitatif, mais elle détourna les yeux pour regarder par la vitre, évaluant le temps qu'il leur faudrait pour finir au fond d'un fossé.

Elle le guida pour sortir de la ville, déserte à cette heure, puis le dirigea dans une série de chemins creux, aux virages dangereux.

— Comment faites-vous au quotidien ? grommela Cesar, en se concentrant pour leur éviter un dérapage.

— J'ai un 4x4. Vieux, mais fiable.

— Contrairement à l'engin sophistiqué que je conduis, ironisa Cesar en lui jetant un rapide regard.

— Même si j'en avais envie, je ne pourrais jamais m'offrir une voiture pareille. De toute façon, je n'en vois pas l'intérêt.

— Cela sert à voyager dans les meilleures conditions.

A cet instant, Cesar réalisa qu'il ne savait rien d'elle, de son métier ni de ses moyens. A part aider son frère sur le projet mystère, que faisait-elle de sa vie ? Il aurait besoin de le savoir s'il voulait percer à jour ses motivations. Pour le moment, la conduite l'absorbait trop pour qu'il poursuive son interrogatoire. Comment allait-il rejoindre la ville quand il aurait réservé une chambre ? Les sentiers perdus comme ceux-ci n'étaient même pas cartographiés dans son GPS !

— Je préfère le côté pratique au côté chic, dit Jude.

— Je m'en étais douté à voir votre tenue, ce soir…

— Ce qui veut dire ?

— Ce que ça veut dire… Au fait, j'espère que votre maison est en vue, car si je dois encore ralentir, autant y aller à pied.

— C'est juste en haut, dit-elle en désignant un halo de lumière à peine visible derrière le rideau de neige.

Intérieurement, Jude ressassait la remarque de Cesar. C'était vrai qu'elle avait opté pour un jean confortable, car la soirée n'était pas habillée. Et on était en hiver ! Son duffle-coat sombre et ses bottes de cuir noir étaient de saison, même s'ils n'avaient rien de chic. Cesar, constata-t-elle en le regardant de côté, était en costume de ville, peu adapté au climat rigoureux. Il devait être habitué aux immeubles surchauffés…

C'était par ailleurs l'homme le plus irritant qu'elle ait connu. Elle devait toutefois reconnaître qu'il était incroyablement beau. Mais pas du tout son type : elle avait la chair de poule rien qu'à le regarder !

Comme la voiture entamait la dernière partie du trajet, elle entendit crisser les pneus… puis plus rien.

Cesar étouffa un juron et lui lança un regard noir.

— Hé, je n'y suis pour rien ! protesta-t-elle.

— Il fallait bien vous reconduire chez vous !

— J'aurais pu…

Elle se mordit la langue pour ne pas dire qu'elle aurait pu dormir chez Freddy… Mais bien sûr, impossible d'utiliser cet argument, puisque celui-ci avait prétendu ne pas pouvoir loger son frère.

— … dormir chez une amie, termina-t-elle précipitamment.

Cesar sortit de la voiture et, après une brève inspection, revint ouvrir la portière à Jude.

— Il faut finir à pied.

— Vous ne pouvez pas laisser votre voiture au milieu du chemin !

— Et vous suggérez ?

— De la pousser…

— Vous plaisantez ? cria Cesar par-dessus son épaule, déjà en route pour la maison. Je reviendrai voir ce que je peux faire quand la neige aura cessé de tomber.

— Mais cela peut prendre des heures ! objecta-t-elle en pressant le pas pour le rejoindre. N'oubliez pas que vous devez passer la nuit à l'hôtel !

— Eh bien, agitez votre baguette magique et faites cesser la tempête ! ironisa Cesar d'un ton mordant.

A y réfléchir, Cesar se disait qu'il aurait dû insister pour que Fernando le rejoigne à Londres. Il ne pouvait se permettre d'être bloqué par la neige. Samedi ou pas, il avait une visioconférence à tenir le lendemain et de nombreux rendez-vous à fixer par e-mail. Il serra les dents et, atteignant le perron, secoua ses cheveux déjà couverts de neige.

Au moins, la maison était chaleureuse. Ou plutôt le cottage, car à ce qu'il en voyait, la bâtisse était trop petite pour prétendre être une maison. Le lieu avait un côté désuet qui ne manquait pas de charme avec sa petite clôture blanche, ses planchers de bois usés, son atmosphère confortable. Jamais il n'aurait pu imaginer endroit plus différent de son paradis de marbre, de cuir et de tableaux abstraits qui lui avaient coûté les yeux de la tête.

— Où est passé l'annuaire ? grommelait Jude en

cherchant sous le guéridon de l'entrée. Ah, le voilà. Hôtels... Vous désirez le meilleur confort, je présume ?

— Laissez tomber.

— Comment cela, laisser tomber ?

— Regardez dehors...

Jude suivit son conseil et son cœur rata un battement. La tempête tournait au blizzard. Il faudrait l'intervention de chasse-neige pour dégager les routes et un tracteur pour ramener son véhicule en ville. Il était parfaitement impossible à Cesar de quitter la maison.

— Mais... vous ne pouvez pas rester ici !

— Pourquoi ? Fernando y verrait un inconvénient ?

— Freddy ? Qu'est-ce qu'il a à voir là-dedans ?

Ils se tenaient tous deux dans le petit couloir d'entrée et Jude eut l'impression que l'air lui manquait. Cesar était si imposant ! A son grand dam, elle le vit retirer son manteau. Elle n'avait pas prévu cela ! C'était une chose de bavarder avec lui une demi-heure en lui chantant les louanges de Freddy, une autre de lui accorder une nuit d'hospitalité... C'est alors qu'elle eut une idée de génie.

— Je vais vous prêter ma voiture. Le confort sera moindre mais au moins, vous pourrez regagner la ville et trouver une chambre plus confortable que mon plancher...

Alors qu'il accrochait son manteau à la patère, elle n'avait qu'une idée en tête : le lui jeter à la figure et le mettre dehors.

— Arrêtez d'essayer de vous débarrasser de moi, Jude. Je partirai demain, et si je dois dormir par terre, tant pis. Je ne vais pas risquer ma vie dans le tas de rouille qui vous sert de voiture. Otez donc votre manteau et montrez-moi où je vais pouvoir dormir.

— Il y a une chambre d'amis, admit-elle, ôtant son manteau à contrecœur. C'est tout petit et très encombré. Vous allez détester.

Sans répondre, Cesar se dirigea vers la cuisine, inspectant les lieux qu'il traversait. Il ne voyait rien qui rappelle son frère, pas de photos, ni de vêtements d'homme.

— Vous voulez une visite guidée ? demanda Jude d'un ton acide, les bras croisés sur la poitrine. Ou préférez-vous fourrer votre nez partout ?

Cesar se retourna pour l'observer attentivement : non seulement elle n'était pas la blonde type pour qui son frère aurait pu craquer, mais elle n'avait rien non plus d'une femme irréfléchie. Il fallait vraiment qu'il découvre ce qui se tramait entre eux deux, et pour cela, l'incident du mauvais temps ne tombait peut-être pas si mal, après tout. Bloquée ici par la neige, elle ne risquait pas de lui filer entre les doigts si ses questions devenaient dérangeantes. Un sourire s'épanouit lentement sur son visage : il allait lui faire savoir de la façon la plus claire qu'il n'était pas un homme que l'on menait en bateau. Et cette perspective lui plaisait.

— La visite guidée est hors de question, répondit-il, le regard rivé sur son visage empourpré d'indignation. Trop tard. Ou trop tôt, comme on voudra.

— Alors suivez-moi, je vais vous montrer la chambre d'amis.

L'escalier craqua sous le poids de Cesar tandis qu'il suivait Jude à l'étage. Elle le conduisit à une petite pièce et sortit draps et couverture d'une armoire.

— Pas besoin de vous apprendre à faire un lit, j'espère.

En tendant le linge à Cesar, elle se demanda s'il lui arrivait jamais de faire son lit lui-même. Comme Fernando, son statut social avait dû lui épargner toute corvée ménagère. Ce n'était qu'après avoir rencontré Imogen que Freddy avait compris qu'un dîner léger n'était pas forcément une collation d'avant théâtre, mais parfois le seul dîner que certains pouvaient s'offrir…

Elle résista au plaisir de voir Cesar se débattre avec les draps et poussa ses affaires pour lui faire un peu de place. Le temps qu'elle se retourne et le lit était fait, impeccablement.

— Qu'en dit l'inspectrice des travaux finis ? ironisa-t-il, sourcil levé.

Elle eut la bonne grâce de rosir, et lorsqu'il commença à déboutonner sa chemise, elle s'empourpra.

— La salle de bains est à côté, dit-elle en battant en retraite alors qu'il révélait progressivement son torse musclé et bronzé.

Il l'arrêta d'une question.

— Pourquoi tous ces dessins, partout ? Vous êtes artiste ?

La bouche de Jude s'assécha tandis qu'il atteignait le dernier bouton puis défaisait ses manchettes.

Il marcha vers la pile de dessins qu'elle avait posée sur une table pour lui libérer un peu d'espace et en examina un.

Prestement, elle le lui prit des mains et le remit sur le tas.

— Je suis styliste, en fait. Je dessine pour le plaisir, de temps en temps.

— Oh ! intéressant…

— N'est-ce pas ? rétorqua Jude.

— Non, ce que je veux dire, c'est que je suis rassuré de savoir que vous avez un métier. La plupart des femmes qui ont traversé la vie de mon frère n'avaient qu'une idée très vague du monde du travail… Elles le fuyaient de leur mieux, en fait. La dernière avait posé pour quelques clichés érotiques…

Jude frissonna en songeant à Imogen. Qu'est-ce que Cesar allait penser d'une strip-teaseuse ? Imogen n'avait jamais eu de chance dans le choix de ses petits amis et s'était retrouvée à travailler dans un night-club, économisant tout ce qu'elle pouvait pour continuer ses études.

Jude la connaissait depuis longtemps et la trouvait

très courageuse, mais elle doutait que Cesar se laisse attendrir par son histoire.

Il poursuivit, comme s'il se parlait à lui-même :

— Bien sûr, j'ai dû mettre fin à leur relation.

Devinait-il ses pensées ? Jude s'agita, mal à l'aise.

— Et pourquoi ? Il n'y a rien de mal à gagner sa vie en faisant des photos, même érotiques…

— Une telle femme ne pouvait que chercher à profiter de la naïveté de mon frère.

— Vous portez une vue bien cynique sur les choses.

— Non, il se trouve simplement que j'ai le sens des réalités. Et je m'emploie à protéger mon frère de tous ceux qui voudraient profiter de lui. Il peut multiplier les aventures, cela ne me dérange que si ces demoiselles songent à s'incruster. Toute coureuse de dot me trouvera sur son chemin.

C'était toujours une bonne idée de jouer cartes sur table, songea Cesar en épiant la réaction de Jude. Elle avait beau rougir comme une adolescente et avoir un regard innocent, rien de tout cela ne garantissait la pureté de ses intentions.

— Merci de me prévenir, mais je ne vois pas en quoi cela me concerne. De toute façon, vous vous moquez sans doute de ce que je pense de vous.

— Gagné ! L'opinion des autres m'indiffère.

D'un mouvement fluide, il se débarrassa de sa chemise. Quand il se retourna, il vit Jude qui le fixait comme si elle n'avait jamais vu un homme torse nu de sa vie.

— Que… qu'allez-vous porter pour dormir ?

— Mon costume de naissance, répondit-il, sincèrement surpris. C'est très confortable, vous devriez essayer.

Jude l'imagina nu entre les draps, et se sentit soudain très mal à l'aise en songeant qu'il n'y avait que la salle de bains qui séparait leurs chambres. C'était sans doute parce qu'elle l'avait détesté au premier regard et que Cesar l'agaçait prodigieusement, mais ce corps souple et musclé à deux pas d'elle lui donnait le tournis.

— Je vais vous trouver quelque chose.

— Vous avez une réserve de vêtements pour homme ?

Elle se garda bien de répondre et réapparut deux minutes plus tard avec un large T-shirt qu'elle lui jeta. Il était rose vif.

Il entendit le rire dans sa voix alors qu'elle se réfugiait au fond du couloir en lui lançant :

— Ça devrait vous aller. Bonne nuit !

2.

A 6 h 30, le paysage enneigé luisait sous un soleil pâle. La neige avait cessé de tomber au petit matin et la campagne ressemblait à une photo de carte postale. Jude grommela intérieurement : les cartes postales, c'était bien joli mais au bout du compte, la couche de neige restait trop épaisse pour que son invité surprise puisse repartir. A cause de sa présence, elle avait passé une bien mauvaise nuit. Elle n'avait cessé de se retourner dans son lit, hantée par l'idée qu'il dormait nu tout près d'elle. Jamais il n'aurait dû mentionner ce détail ! Compter les moutons, penser à ses projets, rien n'y avait fait, elle n'avait pu fermer l'œil.

La maison était silencieuse et déjà tiède, le chauffage s'étant déclenché aux premières heures du jour. Jude se glissa hors de sa chambre sur la pointe des pieds, craignant de réveiller son visiteur : moins elle aurait de contact avec lui, mieux ce serait. Bien sûr, elle aimait beaucoup Freddy et Imogen, mais fallait-il pour autant qu'elle laisse un étranger envahir sa vie privée ? Enfin, il semblait encore dormir, ce qui lui donnait le temps de prendre son café tranquille.

Les marches de l'escalier ne craquèrent pas sous son poids plume et elle se retrouva bientôt en sécurité dans sa cuisine. Comme tout le reste du cottage, la pièce était petite, mais parfaitement proportionnée : deux poutres soutenaient le plafond, et Jude disposait d'une vieille cuisinière à gaz ainsi que d'une table en pin usée par les années. C'était tout l'opposé de l'appartement de Freddy, neuf, parfaitement équipé… et hors de prix. Jude se surprit à se demander dans quel type de logement vivait son frère et chassa aussitôt cette pensée.

Elle se versait du café lorsqu'une voix trop familière lança derrière elle :

— Super. J'en prendrai aussi.

Elle sursauta sous l'effet de la surprise et renversa du café, se brûlant la main. Aussitôt Cesar fut à ses côtés.

— Faites-moi voir.

Elle lui jeta un regard qui ne laissait aucun doute sur l'agacement que lui causait sa présence.

— Pas la peine, je sais quoi faire.

Le cœur battant de le sentir si proche, elle fila vers l'évier, mais il y fut avant elle et lui ouvrit le robinet d'eau froide, lui maintenant la main sous le jet le temps que la sensation de brûlure se dissipe. Puis il lui sécha doucement la main avec un torchon.

Hypnotisée, Jude le regardait faire, les longs doigts bruns de Cesar contrastant avec la peau pâle de sa paume. Elle avait du mal à respirer. Son odeur virile lui tournait la tête.

— Alors comme ça, on est maladroite ? lança-t-il en souriant.

— Vous m'avez fait peur ! Je n'ai pas l'habitude de voir un homme débarquer dans ma cuisine à l'aube !

— Il se trouve que je suis du matin. Voyons cette main, dit Cesar en la faisant asseoir. Avez-vous une pommade ? De la gaze ?

— Je peux me débrouiller seule.

— Pas question : c'est ma faute, vous avez raison.

Jude céda, lui indiqua la boîte à pharmacie et le regarda panser sa main alors qu'il enroulait le bandage avec bien plus de soin que n'en requérait son état. Il était très proche et elle ne put s'empêcher de remarquer qu'il avait enfilé l'un des sweat-shirts larges qu'elle laissait suspendus dans le couloir pour les jours où elle avait le courage de faire de la gym. Le sweat lui moulait le torse, ne laissant rien ignorer de sa musculature, et Jude regretta de ne pas être plus vêtue : elle ne portait qu'un large T-shirt qui lui arrivait à mi-cuisses, mais révélait beaucoup du reste. Elle se pencha en avant, cherchant à dissimuler les seins qui pointaient sous le tissu, mais ce faisant, elle offrait à Cesar une vue plongeante sur son décolleté et préféra se redresser avant qu'il ne s'en rende compte.

— Voilà, dit-il en mettant la dernière touche au bandage. Et maintenant, laissez-moi servir ce café.

— Vous êtes debout depuis longtemps ? demanda-t-elle, s'apercevant qu'il avait l'air parfaitement réveillé.

— Oui, j'ai peu dormi, peut-être était-ce la nouveauté du T-shirt rose qui m'a perturbé…

Jude trouva un peu de réconfort dans le ridicule de la situation. Mais s'il était descendu en rose, elle aurait eu moins de mal à contrôler les palpitations fébriles de son cœur…

— J'ai ensuite tenté de me connecter à Internet, en vain.

— Les lignes téléphoniques sont peut-être coupées. La neige… La ligne est aussi un peu capricieuse parfois.

Comme l'occupante de la maison, songea Cesar. Il avait réfléchi à la question et conclu qu'il n'obtiendrait rien d'elle en cherchant à l'impressionner. Elle était manifestement plus têtue qu'une mule et prompte à sortir les griffes. Il aurait plus de succès avec d'autres armes s'il voulait découvrir le rôle qu'elle jouait dans la vie de son frère.

— En tout cas, impossible d'obtenir une connexion. Je suis donc allé voir la voiture. Je suis parvenu à la redémarrer, mais la neige est trop épaisse pour rouler.

— Ne pouviez-vous pas déblayer ? J'ai une pelle et vous m'avez l'air plutôt costaud, ajouta-t-elle en s'enhardissant.

— Je pourrais, à condition de passer les six prochaines heures dans un froid de loup sans être vêtu pour ça. Et histoire d'ajouter aux mauvaises nouvelles, le bulletin météo annonce une reprise des précipitations dans la journée.

— Ce n'est pas possible ! s'exclama Jude.

— Je vous pensais plus habituée à la rudesse de la campagne. A Londres, je vous assure qu'on voit rarement le moindre flocon.

— Comment pouvez-vous garder votre calme en vous sachant coincé ici ? s'étonna Jude.

— Je ne vois pas quel avantage je tirerais à m'énerver contre la météo : c'est tout à fait hors de mon contrôle.

Certes, il avait grommelé quelques jurons devant son ordinateur, mais avait fini par en prendre son parti : le monde du travail devrait se passer de lui ce week-end. Et ce n'était pas chose facile que de s'y résigner : le travail était son moteur, il primait sur tout.

— Je croyais que vous ne viviez que pour votre travail, insista Jude, agacée par son calme. Vous devez enrager…

— Et comment savez-vous cela ?

— Par Freddy, lâcha-t-elle, le regrettant aussitôt.

Cesar devait avoir horreur qu'on parle de lui dans son dos.

— Enfin, reprit-elle, il a juste mentionné ça en passant.

— On dirait que votre relation avec Fernando n'est pas strictement professionnelle.

— Je n'ai jamais dit que c'était purement professionnel, se récria Jude.

— Pourtant vous travaillez avec lui sur un projet…

— Oui, enfin, avant… Maintenant aussi, mais…

— C'est un peu confus, votre histoire. Et d'ailleurs, vous ne m'avez toujours pas dit ce qu'est ce projet…

— Je vous le répète, Freddy préférera vous en parler

lui-même. Mais c'est une idée fantastique ! ajouta-t-elle, se rappelant qu'elle était censée le défendre auprès de Cesar.

— Je meurs d'impatience de le découvrir, mais il faudra faire vite, car s'il est géré par mon cher frère, il ne va pas durer longtemps… Fernando est connu pour les entreprises avortées.

Cesar termina son café et tira à lui un tabouret pour y poser les pieds. Pour un invité, il semblait parfaitement à son aise, constata Jude…

— Donc, reprit Cesar, mon frère vous a dit que j'étais un bourreau de travail ? En discutant de son projet avec vous ?

— A vous entendre, c'est un crime que d'être amie avec lui.

C'en serait un si elle voulait passer du statut d'amie à celui d'épouse… Mais cela, Cesar évita de le préciser.

— Non, mais je suis curieux d'en connaître plus sur vos relations. Etiez-vous amis avant le projet ou celui-ci vous a-t-il liés ? Comment vous êtes-vous rencontrés ?

— Il avait besoin de mes talents de styliste, grommela Jude, bien consciente qu'il tentait de lui tirer les vers du nez.

— Ah, il vous paie… Bien… Et quand avez-vous réalisé qu'il avait largement de quoi ?

— Je savais bien où vous vouliez en venir !

— Je suis donc si prévisible ?

— Oui, et en plus, vous vous moquez de l'être ! Et maintenant, excusez-moi, mais je dois aller me changer…

Elle se leva et lui décocha un regard glacial, ce qui ne parut pas l'affecter le moins du monde. Il continuait à la dévisager calmement, comme s'il avait toute la vie devant lui pour lui arracher les réponses qu'il attendait.

— Je vous en prie, répondit Cesar avec une politesse affectée, mais ne vous gênez pas pour moi…

Il détailla les jolies jambes que le jean lui avait cachées la veille. Pour quelqu'un qui avait les cheveux et les yeux sombres, Jude avait une peau délicatement pâle qui évoquait le satin. Elle ne portait aucun maquillage, avait-il noté, ce qui le changeait de toutes celles qui s'en tartinaient le visage. Celui de Jude était frais et lisse, parsemé de taches de rousseur autour du nez. Quand elle était petite, elle devait être un vrai garçon manqué, toujours à grimper aux arbres et à faire les quatre cents coups.

— Et dites-vous bien, jeta-t-elle sur le seuil, que je ne cherche à mettre le grappin ni sur votre frère ni sur sa fortune. Alors au lieu de m'insulter, vous feriez mieux de me remercier de mon hospitalité !

— L'hospitalité ? C'est comme ça que vous la concevez ?

— J'aurais pu vous laisser errer à la recherche d'un hôtel !

Il est vrai qu'à part lui ouvrir sa porte, surtout pour apaiser Freddy qui lui avait jeté son regard implorant, elle ne s'était pas montrée très accueillante. Ni souriante.

Mais elle ne voulut pas lâcher de terrain :

— Vous vous seriez perdu et vous auriez passé la nuit dans votre stupide voiture.

— Pardon ?

Jude le défia du regard.

— Je veux dire par là que les voitures de luxe ne m'intéressent pas. Je me moque de l'argent, je ne suis pas le moins du monde matérialiste et je ne crois pas que la richesse fasse le bonheur, bien au contraire. J'ai travaillé avec assez de gens riches pour le savoir ! Vous sentez-vous plus heureux en travaillant comme un fou afin d'accumuler plus d'argent qu'on ne peut en dépenser en une vie ? Freddy m'a dit que le travail était un exutoire parce que vous ne vous étiez jamais vraiment remis de…

Elle s'interrompit, soudain toute rouge. Elle s'était laissé emporter.

— De quoi ? demanda Cesar d'une voix posée. Quelle est la version de mon frère ?

— Rien, je… je dois vraiment aller me changer.

Elle s'enfuit. Comment avait-elle pu se montrer aussi imprudente ? Il l'avait mise hors d'elle avec ses sous-entendus, et il la prenait pour une coureuse de dot. Mais pourquoi se soucier de ce qu'il pouvait dire ou penser d'elle ? Il lui suffisait de hausser les épaules et de penser à autre chose. Pourtant…

Elle ferma à double tour la porte de la salle de bains et s'y adossa un instant, les yeux fermés. Le jet de la douche lui fit du bien et elle prit son temps pour enfiler un jean et un T-shirt moulant. Pour une raison indéfinissable, elle voulait montrer à Cesar qu'elle était capable de s'habiller près du corps, car entre la veille et ce matin, il n'avait pas pu se faire une idée bien précise de sa silhouette.

L'odeur du bacon qui grésillait l'accueillit dans l'escalier et lui ouvrit l'appétit. Si c'était Cesar qui était aux fourneaux, alors il était plus civilisé qu'elle ne l'aurait cru. Quand elle entra dans la cuisine, il était en train de battre des œufs dans un bol.

— Vous vous êtes sauvée avant de pouvoir me révéler ce que Fernando a cru bon de partager avec vous, dit-il sans se retourner.

— Je vous présente mes excuses. Je vous ai dit qu'il était impoli de m'insulter sous mon propre toit, mais c'était aussi impoli de ma part de faire allusion à votre vie privée.

Elle regarda le profil aristocratique de Cesar : il était d'une beauté parfaite, un modèle que n'importe quel artiste aurait donné cher pour dessiner. Il exsudait la puissance et ses bras musclés, dégagés par les manches qu'il avait roulées pour cuisiner, lui donnèrent le frisson.

— Freddy vous a parlé de Marisol, fit Cesar d'un ton neutre.

Il n'était pas habitué à discuter de son intimité, même si sa femme n'était pas un sujet tabou. D'ailleurs, n'importe qui allant sur Internet pouvait savoir qu'il avait été marié.

— Je suis vraiment désolée…

— De quoi ? Que je ne me sois jamais remis de sa mort, comme Freddy le prétend ?

Appuyé à la cuisinière, il affronta tranquillement son regard.

— D'en avoir parlé. Ce n'étaient pas mes affaires.

— En effet.

Ne s'était-il jamais remis de la mort de Marisol ? Etait-ce ce que les gens murmuraient derrière son dos ? Bien sûr, personne n'avait osé lui en parler en face, mais l'idée que le monde ait une opinion sur son état d'esprit le mettait en colère. Ce n'était pas la peine de s'en prendre à Jude pour cela et d'ailleurs, il ne laissait jamais le comportement des autres l'influencer. Il s'autorisa cependant à évoquer brièvement le souvenir de Marisol. Elle était blonde, ce qui était curieux pour une espagnole, et petite. Du jour où il avait jeté les yeux sur elle, il avait su qu'elle devait être à lui. Il avait dix-huit ans alors. Leurs parents avaient béni cette union et pendant le peu de temps qu'ils avaient partagé, Marisol l'avait comblé. Elle était la plus douce des épouses, prévenante, ne se plaignant jamais de ses horaires démentiels, heureuse de la protection qu'il lui offrait. Aucun homme n'aurait pu souhaiter un foyer plus heureux.

Depuis, il était toujours attiré par le même genre de femmes, belles comme le jour et soumises à ses moindres volontés. Mais jamais il n'avait envisagé de remplacer Marisol et il se lassait vite de ses maîtresses. Etait-ce à dire qu'il ne se remettait pas de la mort de sa femme ? Qu'il ne parvenait toujours pas à vivre pleinement dix ans après la tragédie ? Il fronça les sourcils en voyant le regard sombre que Jude dardait sur lui. Il aurait eu du mal à trouver une femme moins rebelle qu'elle… Personne ne lui avait donc dit que les hommes fuyaient celles qui traversaient la vie avec la délicatesse d'un éléphant dans un magasin de porcelaine ? Si son frère s'était épris d'elle, il était bon à enfermer…

— Et arrêtez de me regarder avec commisération, Jude.

— Je ne vous regarde pas avec commisération, je me demande comment il se fait que vous n'ayez jamais pris d'autre épouse.

— Et vous ? Vous n'êtes installée avec aucun homme, il me semble ! rétorqua Cesar en s'occupant des toasts.

— Je préfère embrasser d'abord quelques crapauds pour pouvoir reconnaître le prince charmant quand il se montrera.

— Oh… Et les crapauds ont été nombreux ?

— J'en ai perdu le compte.

Mais elle n'avait pas oublié celui qu'elle avait pris, à tort, pour le prince charmant. Trois ans plus tôt, lui tapotant gentiment le genou, il lui avait dit qu'il espérait rester ami avec elle… Habile échappatoire pour éviter le mot de rupture, mais le fait est qu'elle s'était retrouvée seule, gardant ses pleurs pour son oreiller… Elle n'avait aucune intention de partager cela avec Cesar et heureusement qu'il était occupé avec les toasts car quand il l'observait, elle avait la bizarre impression qu'il devinait ce qui se passait en elle.

— Et parmi ces crapauds, aucun ne s'est métamorphosé en gentil mari ? dit-il en déposant devant elle une assiette débordante.

Elle croqua dans un toast pour éviter de répondre.

— Comment se fait-il que vous cuisiniez aussi bien, que vous fassiez votre lit au carré alors que votre frère est incapable de se servir de ses dix doigts ?

— Vous pourriez trouver plus subtil pour changer de sujet, fit remarquer Cesar en attaquant ses œufs avec appétit. Je trouve utile de savoir faire les choses du quotidien, même si je ne les fais pas quotidiennement.

— Même le ménage ?

— Même le ménage.

— Alors vous pourrez vous rendre utile si la neige vous arrête encore quelques heures. Je suis nulle en cuisine et en nettoyage. Enfin, disons que ça ne m'intéresse pas vraiment.

Cesar émit une sorte de grognement critique. Elle comprenait pourquoi Freddy évitait son frère. Voir ses idées accueillies de cette manière devait être désespérant. Cesar ne lui pardonnait pas d'être aussi différent de lui. Jamais Freddy n'avait porté un costume ni consolidé un bilan financier…

— Vous devez être l'un de ces mâles archi-traditionalistes qui ne conçoivent une bonne épouse que derrière les fourneaux ou chantonnant gaiement tout en passant l'aspirateur…

— Suis-je parti pour une conférence féministe ? Parce que j'avoue être assez conservateur sur la question, effectivement. La plupart des hommes le sont…

Jude planta sa fourchette dans la dernière tranche de bacon. Son ex-petit ami faisait partie du lot, ayant récemment épousé une douce blonde tombée aussitôt enceinte, à ce qu'elle avait appris. Une femme au foyer de plus…

— Fernando compris, reprit Cesar sur le ton de la provocation. Il n'aime que les blondes.

— Est-ce votre façon de me décourager au cas où j'aurais des idées de mariage au-dessus de ma condition ?

Elle se leva pour porter son assiette à l'évier d'où elle avait une excellente vue sur le jardin : la neige s'était remise à tomber. Décidément, le destin s'acharnait sur elle… Quand elle se retourna, ce fut pour voir Cesar qui débarrassait le reste de la table. C'était curieux pour un homme dont l'idéal consistait sans doute à s'asseoir en lisant un journal pendant qu'une épouse docile nettoyait derrière lui. Pourquoi agissait-il ainsi ? se demanda Jude, laissant une certaine curiosité percer en elle. Se comportait-il de la même façon avec ses maîtresses ? Car d'après Freddy, il en avait. Le sexe opposé ne résistait pas à son charme, apparemment.

— Peut-être, poursuivit-elle avec un sourire en coin, Freddy n'est-il pas aussi vieux jeu que vous le pensez.

Cesar lui jeta un regard vif. Il n'aimait pas la contradiction. Il ne pouvait pas le savoir puisque l'affaire restait secrète, mais Freddy avait eu une attitude peu conventionnelle en s'éprenant d'une ancienne strip-teaseuse. Pour le reste, Jude devait bien avouer qu'Imogen correspondait à tous les critères de la bonne épouse : blonde et pulpeuse, elle adorait le rose et cuisinait à ravir. Adolescente, alors que Jude allait jouer au foot avec les copains, elle préférait rester à rêver devant son miroir.

— Ce qui veut dire ?

— Que vous ne donnez sans doute pas à Freddy le crédit qu'il mérite.

Et cela, c'était la vérité. Elle avait travaillé avec Freddy sur le montage du projet de son club de jazz et avait pu en juger la cohérence. Elle l'avait vu convaincre les investisseurs et concrétiser ce plan qui tenait la route.

— Je le connais mieux que vous ne semblez le croire, rétorqua Cesar, tout en se demandant si finalement, elle n'avait pas raison.

Le Fernando qu'il connaissait n'aurait jamais été attiré par une femme aussi exaspérante, avec ses opinions tranchées et ses airs rebelles, qui disait ce qu'elle avait sur le cœur sans se soucier des conséquences ! Jamais Fernando ne serait capable de gérer une relation avec une telle furie… Elle prétendait qu'il n'y avait rien de romantique entre eux. Mais disait-elle la vérité ? D'habitude, il jaugeait mieux les femmes et sa difficulté à cerner les motivations de celle-ci l'agaça.

— Comment pouvez-vous le connaître en le voyant si peu ? demanda perfidement Jude.

— Je le vois peu car le temps me manque, répondit Cesar d'un ton exaspéré. Figurez-vous que je travaille tard, et tous les jours. Quand j'ai repris la société, on était en pleine crise internationale et elle était menacée. J'ai pu la stabiliser et la faire entrer dans le XXIe siècle : personne ne réussit à forger un empire en sirotant des cocktails sur une plage des Caraïbes ! Mon frère, lui, ne s'est jamais battu pour quoi que ce soit, pas plus dans ses relations avec les femmes que le reste !

Jude avait commencé à débarrasser et elle se retourna, suffoquée par l'impression de puissance que Cesar dégageait.

— Et vous, vous vous battez pour obtenir celles que vous voulez ?

— La façon dont je choisis mes compagnes n'est pas le sujet, dit-il après un éloquent silence.

— Vous devriez offrir sa chance à Freddy. Il se sent… incapable comparé à vous. Il pense que vous allez le descendre en flamme parce qu'il n'a pas suivi la même voie que vous. Il craint de voir les ressources du fonds s'évanouir sur un simple claquement de vos doigts. Cela le stresse.

— C'est lui qui vous a confié tout cela ?

— Oui…

— Vous avez couché avec lui ?

— Pardon ?

— Vous m'avez très bien entendu. Je pencherais pour une réponse positive, vu le type de discussions que vous avez tous les deux.

— Nos conversations sont tout à fait normales, répliqua Jude, le visage empourpré et les mains sur les hanches. Les gens normaux parlent de leurs rêves, de leurs espoirs…

Ils avaient discuté maintes fois de l'impact de Cesar sur le projet : à chaque fois, Imogen était là, et ils partageaient des spaghettis bolognaise et un verre de vin. Comme des gens normaux. Cesar ne pouvait sans doute pas comprendre cela.

— Vous m'avez répondu sur les conversations. Mais au sujet du sexe ?

— Je n'ai pas couché avec votre frère, en admettant que cela vous regarde.

Cesar la fixa de son regard perçant.

— Dites-moi… si vous passez des heures à vous épancher l'un envers l'autre, pourriez-vous m'expliquer pourquoi il semble soudain si désespéré d'obtenir la gestion du fonds ? Jusqu'à présent, il se satisfaisait parfaitement de l'allocation qu'il perçoit — pour ne pas faire grand-chose, mais la dernière fois que je lui ai parlé, il semblait vraiment à cran par rapport à cet argent. C'est un peu mystérieux, cela…

— C'est son projet, répondit Jude, mal à l'aise.

Ses projets, aurait-il fallu dire… Car l'allocation ne suffisait pas à ses besoins et Cesar réglait la plupart de ses factures, week-ends dans des lieux exotiques, bijoux onéreux, robes de couturiers… Il lui était du coup facile de garder l'œil sur la vie que menait son frère et cela ne dérangeait en rien Freddy. Mais si soudain les factures envoyées à Cesar concernaient l'équipement d'une chambre d'enfant ou des vêtements pour nourrisson, alors le frère aîné aurait vite fait de débarquer en posant des questions gênantes et il n'y avait pas besoin d'être un génie pour prédire sa réaction face à Imogen. Si Freddy avait l'argent du fonds à sa complète disposition, il y gagnait une véritable indépendance.

— Si j'approuve le projet en question, je serai ravi d'y investir et pouvoir enfin oublier le mal de tête permanent que me cause l'avenir de mon frère. Y a-t-il une raison pour qu'il soit si pressé d'obtenir ces fonds ?

Jude tenta de trouver un prétexte plausible…

— Je présume qu'il veut simplement prendre le contrôle de sa vie. Après tout, il a vingt-cinq ans… Vous étiez plus jeune que lui quand vous avez pris les rênes de votre empire, comme vous l'appelez.

— J'étais assez mûr pour cela. Responsable.

— Oh ! bien sûr, suis-je bête… Vous êtes l'homme parfait.

— Si Fernando est votre modèle d'homme, alors effectivement, je suis loin du compte : je ne dépense pas à tort et à travers pour les femmes qui passent dans mon lit et j'assume toujours les conséquences de mes actes. Ce qui fait de moi un être ridiculement prudent, je l'avoue.

Les femmes qui passaient dans son lit… L'expression rappela à Jude la nuit qui venait de s'écouler et qu'elle avait passée à se retourner dans le sien. Ses seins lui parurent soudain sensibles, la dentelle de son soutien-gorge rugueuse.

Elle se racla la gorge.

— Peut-être devrions-nous songer à planifier la journée, dit-elle en croisant les bras sur sa poitrine. Je ne vois pas l'intérêt de prolonger le tête-à-tête. J'ai du travail que je peux avancer dans la petite pièce qui me sert de bureau, à côté du salon. Quant à vous…

— Je peux me faire oublier, c'est cela ?

Il passa mentalement leur conversation de la matinée au crible de son esprit logique : il ne doutait pas de sa sincérité quand elle affirmait qu'il n'y avait rien de sexuel entre son frère et elle, mais dans ce cas, pourquoi paraissait-elle mal à l'aise à la minute où les questions de Cesar se faisaient trop pressantes ? Et pourquoi se conduisait-elle en sa présence comme une chatte sur un toit brûlant ?

A l'instant même, ses joues étaient écarlates, et ses bras croisés sur sa poitrine exprimaient une attitude défensive. Cesar savait qu'il intimidait facilement. D'ailleurs, cela lui plaisait et l'aidait à garder les importuns à distance. Dans sa position, il valait mieux tenir les gens à l'écart : plus d'un aurait cherché à profiter de lui ou à le poignarder dans le dos. En ce qui concernait les femmes, cette distance leur rappelait qu'en dépit de leur proximité physique, il n'était pas candidat à l'engagement. Peut-être était-ce de ce côté qu'il lui fallait chercher l'explication du curieux comportement de Jude. Après tout, la situation était intimidante. Il était un étranger, installé chez elle jusqu'à on ne savait quand…

Ou peut-être… Cesar ne put réprimer une forme de satisfaction en développant cette dernière hypothèse : peut-être la rendait-il nerveuse pour une raison toute simple… Il était un homme au sang chaud et elle une femme pleine de feu, même si elle ne semblait pas s'en rendre compte.

Parfois, il ne fallait pas chercher très loin pour trouver des réponses…

3.

Il était l'heure de déjeuner quand Jude émergea du petit bureau où elle avait travaillé à la reconversion d'un loft d'époque victorienne.

Et en sortant, elle tomba sur Cesar, torse nu, qui déposait un tas de bûches près d'un feu crépitant.

— Juste au cas où l'électricité soit coupée, expliqua-t-il. Si la neige continue à tomber avec cette force, rien n'est impossible…

Elle opina. La vue de son torse dénudé brillant à la lueur des flammes lui semblait d'une incroyable intimité, mais Cesar n'y voyait visiblement pas malice et il se rapprocha de la grande fenêtre qui donnait sur le jardin pour contempler le ciel gris de neige.

— Comme Internet est toujours en panne, reprit-il, je me suis rendu utile. Vous avez bien avancé dans votre travail ?

— Pardon ?

— Vous êtes restée enfermée dans ce bureau des heures, j'espère que ça n'était pas pour rien…

Elle pensa à tous les croquis qu'elle avait jetés parce qu'elle n'avait pas la tête à travailler.

— Eh bien… oui, ç'a avancé. Un peu…

La pièce était délicieusement tiède et elle s'approcha, sans pouvoir s'empêcher de dévisager Cesar.

— J'ai coupé le chauffage dans cette pièce pour ne pas faire double emploi, j'espère que c'est OK pour vous, dit-il.

Ce n'était pas la première fois qu'une femme fixait Cesar, Dieu sait qu'il en avait l'habitude. Mais jamais on ne l'avait regardé avec cette volonté évidente de ne pas le faire… Et visiblement, Jude ne pouvait s'en empêcher. C'était très érotique. Et comme il avait lavé son boxer et ses chaussettes, il ne portait rien sous son pantalon. Ce qui, dans les circonstances, menaçait de devenir gênant.

— Comment avez-vous trouvé le bois ?

— Oh ! ce n'était pas bien difficile, je suis allé voir sous l'appentis que vous avez derrière le cottage. Après ça, quelques coups de hache sur le billot…

Il remua les cendres du bout du tisonnier, s'assurant qu'elle ne le voyait que de dos jusqu'à ce que son corps ait le temps de se calmer. Puis il alla s'essuyer le visage avec le T-shirt rose qu'elle lui avait donné pour la nuit.

— Vous en voulez un autre ?

— Je ne suis pas sûr que vos T-shirts m'iraient, à moins que ce soit l'un de ceux que vous aimez porter la nuit.

Même s'il devait être serré dedans, il fallait qu'elle lui trouve quelque chose à se mettre, sinon, sa santé mentale allait flancher ! Elle se précipita à l'étage et sortit un grand T-shirt de son armoire. Cesar ne s'était pas déshabillé pour lui faire de l'effet, il ne l'avait fait que parce qu'il allait couper du bois, et que cela faisait transpirer. Comment aurait-il pu se douter des pensées interdites que cette semi-nudité allait susciter en elle ? A croire que la vision de Jude s'était démultipliée parce qu'elle avait même distingué un filet de sueur le long de sa cage thoracique.

— Au moins, il n'est pas rose, fit Cesar à son retour, lui prenant le T-shirt des mains et les frôlant par la même occasion. Ma fierté masculine n'y aurait pas survécu.

— Survécu à quoi ?

Garde bien les yeux sur son visage… Ne cède surtout pas à la tentation de regarder bouger les muscles de ses bras. Pas plus que ceux de sa poitrine…

— Au ridicule de porter une couleur de fille en public.

C'était un Cesar bien différent qui s'exprimait ainsi, avec un demi-sourire qui la faisait fondre. Où était donc passé le tyran qui édictait ses lois et entendait qu'on les suive ?

— Les vrais hommes ne craignent pas de porter des couleurs de fille, dit-elle pour le taquiner.

— Croyez-moi, je suis tout ce qu'il y a de plus vrai, comme homme.

Jude avala sa salive.

— Eh bien, je devrais… aller préparer quelque chose à manger. Rien de sophistiqué, attention, je ne suis pas très habile aux fourneaux. Mais les pâtes carbonara, ça va. Vous devez être affamé après ce travail de bûcheron.

— J'ai l'estomac dans les talons et les pâtes carbonara feront parfaitement l'affaire. De votre côté, vous avez pu travailler malgré votre main bandée ?

— Oui, sans problème. Je n'ai pas mal. Vous avez fait toute une histoire de pas grand-chose, finalement.

— Peut-être avais-je envie d'en faire toute une histoire… Vous savez qu'il n'y a rien de plus attirant pour un homme qu'une demoiselle en détresse ?

— Eh bien, vous vous êtes trompé d'adresse, rétorqua Jude. Je n'ai aucun besoin qu'on vole à mon secours ! A présent, si vous voulez bien rester ici, je vais aller préparer ce repas.

Elle aurait pu prévoir qu'il ne faudrait pas cinq minutes à Cesar pour faire l'exact contraire de ce qu'elle avait demandé. Elle en était à se battre avec un oignon, se demandant si elle n'allait pas ôter son bandage pour aller plus vite lorsqu'il apparut sur le seuil, tout sourire. Un nouveau Cesar…

— Laissez-moi faire ça, décréta-t-il en entrant dans la cuisine.

Elle évita de le regarder alors qu'il lui prenait le couteau des mains pour trancher l'oignon. Il termina le travail en deux temps trois mouvements, lui laissant la tâche moins lourde de leur verser un verre de vin.

— Pour nous réchauffer, dit-il, avec le froid qu'il fait dehors… Et puis franchement, quand aurais-je l'occasion de boire de l'alcool à midi si je n'en profite pas aujourd'hui ?

Sa remarque laissa Jude songeuse : il ne devait pas souvent s'accorder de plaisir dans le monde de dur labeur qui était le sien. Sauf quand il emmenait une femme à dîner, bien sûr. L'issue de tels dîners était plus que prévisible. Pour lui, un jeu comme un autre.

Cesar aussi réfléchissait : coincé ici contre sa volonté, il s'apercevait que la situation l'amusait plutôt. Faire le petit déjeuner, couper du bois… Homme au foyer, en quelque sorte… Voilà une chose qui ne lui arrivait jamais puisque ses relations avec les femmes s'arrêtaient bien avant cette étape.

Une fois les pâtes prêtes, il leva son verre de vin en direction de Jude et lui désigna la table où elle n'avait plus qu'à s'asseoir.

— Ça ne vous ennuie pas d'être bloqué ici ? demanda-t-elle, presque hésitante. Je présume que c'est un peu différent de vos occupations habituelles du week-end…

— Plutôt, oui.

— Alors, qu'est-ce que vous faites de vos journées, d'habitude ? s'enquit-elle, cédant à la curiosité.

— Je travaille le jour et je m'amuse la nuit. Parfois, si j'ai trop à faire, je saute la partie amusement.

— Et avec qui vous amusez-vous ?

Elle rougit aussitôt de sa question, mais le vin lui avait délié la langue, tout comme le changement d'attitude de Cesar. Elle ne se sentait plus sur la défensive, prête à réagir au moindre soupçon d'ironie de sa part. Délivrée de ce carcan, elle commençait à apprécier non seulement son physique, ce qu'elle avait fait jusqu'à présent de manière presque furtive, mais aussi la complexité de sa personnalité. Derrière le masque d'une beauté intimidante se cachait un être intelligent et plein d'esprit. Pas étonnant qu'il soit terriblement dangereux pour l'autre sexe… Il ne flirtait même pas avec elle et pourtant, il dégageait quelque chose de magnétique.

Sans se rendre compte qu'elle buvait plus qu'elle n'en avait l'habitude, elle écouta Cesar admettre tranquillement qu'en fait, il n'avait plus « joué » avec personne ces six derniers mois. Et elle, avait-elle un camarade de jeux ? Elle s'entendit répondre, d'une voix un peu honteuse, que cela faisait bien plus longtemps pour elle. Et alors qu'elle n'en avait même rien dit à Imogen, elle se mit à parler de son ancien petit ami, mettant son âme à nu devant Cesar.

— Donc, voilà, conclut-elle, vous aviez raison, les hommes recherchent toujours le même genre de femmes et ce n'est pas celui auquel j'appartiens !

Sans pouvoir s'expliquer sa réaction, Cesar ressentit une bouffée de colère à l'encontre de l'étranger qui avait rendu Jude aussi amère.

— Oh ! il faut vraiment que j'arrête de pleurnicher, reprit-elle en riant. Ce doit être le vin qui parle ! Si je prends encore un verre, je vais me mettre à sangloter sur votre épaule.

— Pas grave. J'ai les épaules larges.

— Oui. J'avais remarqué.

— Vraiment ?

Un silence électrique s'en suivit. La légère euphorie, due aux deux verres de vin qu'elle avait avalés, n'empêchait pas Jude de réaliser qu'elle aurait mieux fait de se taire plutôt que de révéler un détail aussi intime.

Et il la regardait curieusement.

— Enfin… je veux dire… C'était quand vous mettiez le bois dans la cheminée. Je n'ai pas l'habitude de voir des hommes torse nu dans mon cottage…

— D'après ce que vous m'avez dit, pas depuis quelques années, en tout cas.

— Je savais bien que j'aurais mieux fait de me taire,

dit-elle en se levant pour mettre la poêle sur la table et se donner une contenance. Je n'ai pas besoin que quiconque me plaigne et je ne tiens pas à ce qu'on utilise ma vie privée contre moi. C'est délibérément que j'ai cessé mes relations avec les hommes après ma rupture et je n'en ai pas honte.

Elle se servit et enroula les spaghettis autour de sa fourchette.

— Vous étiez vraiment amoureuse de lui, nota Cesar.

— Je lui étais attachée. Sinon, je ne serais pas restée deux années entières à ses côtés.

— Vous espériez que cela se terminerait par un mariage.

— Je suppose…

— Et vous n'avez jamais remarqué les fissures dans votre relation ?

— J'aimerais mieux ne pas en parler.

— Très bien. Mais un peu de conversation nous aidera à passer le temps, puisque nous sommes coincés ici… Je ne peux pas me servir d'Internet, les lignes téléphoniques sont coupées et je préfère conserver le peu de batterie qui me reste sur mon portable, donc, vous voyez que je ne peux vraiment pas travailler…

Bizarrement, d'ailleurs, il n'en avait pas envie. Pas autant qu'il aurait pu le croire.

— Les lignes sont coupées ? fit Jude en bondissant sur le téléphone.

— Comme vous voyez. Le seul contact extérieur que j'ai eu, c'est avec Fernando, pour lui dire que tout allait bien et que je n'étais pas enfoui sous dix mètres de neige. Vous remarquerez ma délicatesse : je n'ai pas précisé que j'avais passé la nuit chez vous. En tout cas, nous n'avons d'autre choix que de nous tenir compagnie…

— C'est pour ça que vous êtes un peu moins désagréable ?

C'était presque un soulagement que de lui envoyer

cette pique. Cela la délivrait un peu de la fascination qu'exerçait son sourire sur elle...

— Disons que votre conversation m'intéresse. Je suis intrigué de voir qu'une personne qui imagine mes relations avec les femmes comme directement liées à la mort de mon épouse soit incapable d'analyser son propre comportement : votre abstinence m'apparaît une réaction à l'échec de votre histoire d'amour.

Il s'était servi et engloutit une copieuse bouchée.

— Vous ne mangez plus ? reprit-il en la voyant remuer ses spaghettis du bout de la fourchette.

— Mon appétit a disparu, curieusement.

— C'est parce que vous n'appréciez pas que je vous interroge sur votre vie sentimentale. Mais ne croyez pas que je sois un monstre : je ne me moque pas de votre célibat.

Il aurait pu ajouter, mais il s'en garda bien, que dans ces circonstances très particulières, il se mettait à éprouver quelque chose de tout à fait nouveau pour lui : de l'attirance pour une femme au-delà de son aspect physique. La plupart du temps, les conversations qu'il avait avec la gent féminine étaient superficielles et il n'encourageait jamais ses compagnes à s'épancher.

— Bon, il est vrai que je suis peut-être trop prudente quand il s'agit de mes relations avec les hommes, admit Jude, mais je ne tiens pas à être menée en bateau. Votre frère est le premier avec qui je me sente à l'aise depuis ma rupture.

Et elle savait pourquoi : Freddy n'était pas une menace. Il n'allait pas tenter de la mettre dans son lit, puisqu'il était fou amoureux d'Imogen. Elle appréciait leur amitié, et la vision masculine des choses qu'il lui apportait lui était précieuse.

— Je sais que vous avez eu des soucis avec Freddy, poursuivit-elle, mais vous seriez surpris de voir à quel point il peut se montrer... raisonnable. Réaliste, même.

Réaliste ? Etait-ce vraiment un compliment ? En tout cas, songea Cesar, on ne lui avait jamais dit cela de son frère, et personne n'aurait non plus songé à le qualifier de raisonnable ! Pourtant, ce petit bout de femme en semblait convaincu… Il termina son assiette et se leva pour desservir, imité par Jude.

— Allez profiter du feu et laissez-moi m'occuper du reste.

— Je ne suis pas invalide, rétorqua Jude avant de reprendre, presque amusée : ah oui, j'oubliais, le syndrome du chevalier servant… Je crois qu'au lieu de rechercher l'indépendance, j'aurais dû prendre un air effarouché, battre des cils et laisser tomber mon mouchoir à terre pour que les preux chevaliers se jettent à mes pieds !

Cesar fut tenté de lui dire qu'il la voyait mal dans le rôle de la timide princesse, mais en la regardant de plus près, il vit à quel point ses cils étaient longs et fournis. Elle aurait pu en jouer facilement, sans même y ajouter de mascara !

— Peut-être le devriez-vous, en effet, dit-il d'un ton neutre.

Elle disparut sans répondre, le laissant en tête à tête avec la vaisselle… et de quoi réfléchir. Il lui avait trouvé l'air bien rêveur quand elle chantait les louanges de son frère. Les pensées qui l'avaient effleuré depuis la veille prenaient un tour plus concret et assez perturbant.

Elle n'avait pas encore couché avec Fernando, il en était convaincu. Jude n'était pas femme à dissimuler et de plus, elle se protégeait des hommes. Le rôle que tenait Fernando dans ce puzzle commençait à lui apparaître. Son frère n'avait pas de maîtresse en ce moment, c'était évident puisque Cesar n'avait eu à payer aucune facture pour des week-ends chics ou des bijoux luxueux.

Les deux mains posées à plat sur l'évier, il regarda la neige qui tombait toujours aussi dru. Il avait cessé de se montrer accusateur envers Jude et adopté une approche différente. Il avait donc obtenu des informations, encore partielles, mais qu'il pouvait rassembler en une équation que son esprit mathématique ne tarderait pas à résoudre.

Au contact de Fernando, elle s'était comme réveillée du long sommeil où l'avait plongée l'échec de sa première relation, mais était-ce le fait du hasard ou était-ce calculé ? Il n'en savait rien encore, mais il avait perçu la chaleur dans sa voix quand elle parlait de lui. Bien sûr, elle s'était défendue d'être matérialiste, mais ce genre de déclaration, il en avait fait l'expérience, ne tenait pas longtemps face à la perspective d'un compte en banque bien garni. Peut-être voyait-elle en Fernando un ami… rentable. Capable de lui apporter à vie une sécurité financière.

Pourtant, le portrait qu'il venait de tracer d'elle ne cadrait pas avec son tempérament franc et direct… Mais elle semblait aussi impliquée que Fernando dans son désir de le voir disposer du précieux fonds. Elle n'arrêtait pas de lui décrire son frère comme quelqu'un de bon sens, très conscient de ses responsabilités. Jusqu'à présent, Cesar avait eu du mal à déceler pareilles qualités chez lui… Alors, soit elle le complimentait parce qu'elle était son amie, soit il y avait à ses louanges un motif nettement plus suspect.

Il ignora la petite voix qui lui disait que Fernando était un grand garçon capable de faire ses propres choix en matière de femmes et qu'à tout prendre, celle-ci valait mieux que celles qui l'avaient précédée. Ce qu'il avait vu de leur relation au club la veille ne ressemblait pas à de la passion : quelques murmures à l'oreille, des regards furtifs quand ils ne se sentaient pas observés, mais aucune tension d'ordre sexuel. Alors… était-elle ou non une croqueuse de diamants ? Après tout, si elle l'était, il n'avait qu'à ne pas s'en mêler, confier le fonds à son frère et s'en laver les mains. Ce serait une bonne chose que Fernando prenne les rênes de sa vie. Du moment qu'il comprenait clairement qu'en cas de souci, ce n'était plus le problème de Cesar et que personne ne viendrait le sortir des ennuis. Il ne pouvait quand même pas protéger Fernando de lui-même toute sa vie !

Cesar soupira, attendant que la réponse à ses questions vienne d'elle-même, comme c'était le cas quand il réfléchissait, mais au lieu de cela, il se mit à penser à Jude. Soudain, il comprit qu'il la désirait. Ce sentiment défiait toute logique et le désarçonnait. Pourtant, il n'y avait pas à se tromper sur l'élan qui le poussait vers elle.

Il acheva la vaisselle et vint rejoindre Jude au salon. Elle lisait, assise sur le canapé, une jambe repliée sous elle. Le ciel bas, lourd de neige, assombrissait la pièce et elle avait allumé une lampe dont la lumière dansait sur sa peau. Avec le feu qui ronflait dans la cheminée, elle aurait pu faire la couverture d'un magazine. Elle leva les yeux vers lui et il vint s'asseoir à l'autre bout du canapé.

— Ça vous dérange de ne pouvoir joindre personne ? demanda-t-elle.

La façon dont il la regardait la troublait profondément.

— En fait, je m'aperçois que je m'y fais. Je pourrais songer à faire retraite quelques jours sans ordinateur ni portable…

— Mais quand même avec quelques vêtements.

— Même pas ! J'ai lavé mon caleçon qui doit être à présent sec et je vais pouvoir le remettre. Si cela ne vous dérange pas trop, je pourrai alors laver mon pantalon, dit-il en grimaçant, tout en désignant le vêtement qui portait les traces de sa marche dans la neige et de son activité de bûcheron.

— Eh bien, je ne suis pas sûre que ce soit une bonne idée, murmura Jude qui sentait sa peau picoter comme si le feu avait redoublé d'intensité. Je n'ai aucun pantalon de survêtement qui vous irait et…

— Donc, cela vous dérangerait de me voir avec mon simple boxer…

— Pas du tout ! Je ne suis pas prude.

Elle eut un rire léger : il n'était qu'un homme, après tout ! N'en avait-elle pas vu d'autres ? Même si elle devait s'avouer qu'il était attirant, l'attirance n'était visiblement pas partagée. Il avait déclaré aimer les femmes dociles, celles qui se tenaient à leur place. Jude, au contraire, était indépendante et parlait franc. Elle aurait intérêt à rester très prudente : d'accord, Cesar semblait s'amuser de cette brèche dans sa routine, mais il n'avait pas pour autant cessé de s'interroger sur sa relation avec Freddy. De quoi n'allait-il pas la soupçonner si elle semblait l'encourager à déambuler chez elle seulement vêtu d'un boxer ? Bien plus révélateur qu'un slip de bain…

— Bon, alors je pourrais toujours rester enfermé dans ma chambre jusqu'à ce que je sois assez décent pour circuler, dit-il en abaissant ses cils magnifiques, empêchant Jude de voir s'il plaisantait ou pas. Je ne voudrais pas vous embarrasser…

— Oh ! ça va, grommela-t-elle, je vais vous le mettre à la machine !

Elle déplia sa jambe qui commençait à s'ankyloser et se leva. Cesar la regarda avec un petit sourire et une expression innocente à souhait.

— Rassurez-vous, je ne vais pas enlever mon pantalon devant vous, je n'ai rien en dessous… Vous êtes sans aucun doute difficile à choquer, mais je ne veux pas vous mettre à l'épreuve. Je monte dans ma chambre et je vous laisse le pantalon à la porte, d'accord ?

Il était visiblement toujours aussi amusé quand il redescendit, portant le large sweat-shirt de Jude et son boxer de soie, sec bien qu'un peu froissé. Jamais il n'aurait pensé que sa sortie hors de Londres aurait des effets aussi toniques ! Et il n'avait pas menti en prétendant qu'il songeait à renouveler l'expérience, car il n'avait pas pensé à ses mails ni à son téléphone depuis des heures ! Etre ici incognito et injoignable lui plaisait bien, finalement.

Il s'approcha du feu. Sur le manteau de la cheminée

trônait une sélection de livres, la plupart sur l'architecture, mais il y avait aussi quelques romans. Il feuilletait l'œuvre d'un maître contemporain de l'architecture quand il sentit Jude approcher. Elle se planta sur le seuil.

— Ça ne vous dérange pas, vous êtes sûre ? dit-il sans lever les yeux, apparemment passionné par sa lecture.

Jude ouvrit la bouche, mais aucun son n'en sortit. A le voir ainsi, avec les lueurs du feu caressant son corps bronzé tout en muscles, elle en avait la gorge sèche. Le picotement était de retour, cette fois accompagné d'un soudain besoin de s'asseoir car elle avait les jambes en coton. Il fallait absolument qu'elle cesse de le dévisager avec cette expression idiote d'adolescente ! Si jamais il levait les yeux et la surprenait bouche bée, elle en serait mortifiée à jamais. Mais comment s'arracher à la contemplation de ce corps parfait ? Ses muscles longs, son ventre plat, tout le faisait ressembler à une statue grecque… sauf que le sang pulsait en lui, se rappela-t-elle.

— Non, bien sûr que non, répondit-elle enfin, cherchant désespérément une excuse pour quitter la pièce et retrouver sa respiration.

Cesar se retourna lentement vers elle.

— Vous ne m'aviez pas dit dans quelle branche du design vous travailliez.

— Vous ne me l'avez pas demandé.

— Pourquoi restez-vous clouée sur le seuil ? demanda-t-il en refermant le livre pour le prendre avec lui.

Il s'installa sur le sofa et étendit négligemment ses jambes sur la table basse, tout en tapotant l'emplacement à côté de lui. Jude choisit d'ignorer son geste et joua la sécurité en optant pour la chaise près du feu. A choisir, elle préférait presque le moment où elle devait se défendre des accusations de Cesar car ce qu'elle ressentait, à présent que leur conversation était devenue amicale, était bien pire encore…

— Vos livres tournent tous autour de l'architecture.

— J'ai commencé à l'étudier, mais c'était trop long et je n'avais pas les moyens. J'ai dû travailler, précisa-t-elle sous le regard intéressé de Cesar. Ma mère venait de mourir et ma sœur d'avoir un enfant alors que son mari était au chômage donc… Je n'avais aucune aide à attendre.

— Dure période, dit-il, sincèrement compatissant.

— Oh ! Il y a pire. J'aimais beaucoup la décoration d'intérieur et j'étais contente de pouvoir y travailler. J'ai eu assez vite un certain succès car j'offre des conseils qui vont au-delà de la simple décoration. Je sais restructurer un intérieur, rénover un appartement ancien et les gens profitent de mes conseils sans avoir à payer le prix d'un architecte. Ils me font une bonne réputation.

— Vous êtes douée dans de nombreux domaines, alors…

Rougissant sous le compliment, elle répondit :

— Je me débrouille… Je ne roule pas sur l'or, mais j'ai pu acheter ce cottage et même aider ma sœur qui m'a remboursée depuis que son mari a retrouvé du travail.

— Elle vit par ici ?

— A l'opposé de la planète, en fait ! En Australie.

— Donc, vous êtes seule ici…

Etait-ce pour cela que Fernando et elle étaient devenus si proches ? Il rouvrit le livre qu'il avait posé à côté de lui.

— Ce lieu me plaît beaucoup, dit-il en désignant une page de photos. Où se trouve-t-il ? J'aime les dimensions des pièces.

Il lui jeta un regard en biais et surprit la seconde d'hésitation qu'elle eut avant de venir s'asseoir près de lui. Délibérément, il garda le livre sur ses genoux afin qu'elle doive se pencher vers lui.

— Oh ! il s'agit d'une de mes rénovations préférées, confia-t-elle en se tordant le cou pour voir les photos sans trop s'incliner vers lui. L'architecte a su donner un côté moderne tout en préservant les détails chaleureux, les poutres, beaucoup de bois partout… Du grand art.

Dans son enthousiasme, elle s'était penchée sans s'en rendre compte et elle effleura son bras. Ce n'était qu'un toucher léger comme l'aile d'un papillon, mais il résonna en elle, propageant le long de son propre bras des ondes troublantes. Elle reprit vivement sa place.

Quand elle leva les yeux vers lui, à la dérobée, elle vit qu'il la fixait de son regard profond couleur chocolat. Il semblait sur la réserve, mais il y avait dans ses prunelles une intensité qui lui fit retenir son souffle. Le rose lui monta aux joues et ses pupilles se dilatèrent, trahissant ce sur quoi elle ne mettait pas de mots. Mais peut-être rêvait-elle tout cela… Cela faisait si longtemps qu'elle était seule ! Peut-être était-ce cette solitude qui faisait travailler son imagination.

Pourtant, il la regardait toujours…

— C'est un des rares lieux modernes, reprit-elle en s'éclaircissant la gorge, où je pourrais me voir vivre…

Elle eut un petit rire nerveux avant de poursuivre, avec un large geste du bras pour désigner la pièce :

— Ça se voit que j'aime plutôt le style… disons, ancien…

Sa voix mourut car il avait placé la main au creux de son cou et le caressait du pouce en cercles lents qui résonnaient dans tout son corps.

Jude ne comprenait pas ce qui se passait en elle, mais elle ne le combattait pas. Elle s'aperçut qu'en fait, elle avait attendu ce moment, celui où il tendrait la main vers elle pour la toucher.

Elle poussa un léger soupir, ferma les yeux, et se laissa aller vers lui.

4.

Cela semblait si juste… Leur baiser devint plus urgent. Elle laissa échapper une exclamation étranglée lorsqu'ils se séparèrent enfin.

— Que se passe-t-il ? jeta-t-elle d'une voix égarée.

— Je t'embrasse. Que veux-tu qu'il se passe d'autre ?

C'était la première fois qu'il tenait une femme aux cheveux courts dans ses bras. Avait-il toujours été aussi classique dans ses goûts ?

C'était aussi la première fois qu'il s'intéressait à une femme qui avait du répondant et de la sagacité. Il n'avait jamais aimé qu'on puisse voir au-delà de sa carapace. Les relations superficielles étaient plus sûres car elles ne remettaient jamais en question les limites qu'il s'était fixées. Et jusqu'à présent, il se satisfaisait très bien de cet état de fait.

Jusqu'à cette femme…

Cesar fronça les sourcils, avant de se détendre légèrement. L'embrasser semblait naturel. Elle l'attirait, aussi étrange soit-elle. Et puis ce faisant, il protégeait son frère… Elle pouvait bien répéter que l'argent ne l'intéressait pas, que Fernando n'était qu'un ami, il savait pertinemment que l'appât du gain transformait les meilleures natures. Jude ne faisait pas exception… La faire sienne aiderait son frère. Et il savait gérer les femmes comme il gérait sa vie : d'une main de fer.

— Nous parlions de…

— Effectivement, nous parlions…

Il observa sa nuque dégagée et gracile, la finesse de ses épaules, son visage en forme de cœur.

— Tu me parlais de cet appartement, reprit-il, de l'admiration que tu avais pour l'architecte qui l'avait dessiné…

Face à elle, il avait glissé le genou entre ses cuisses et exerça une lente pression. Il ne l'avait pas quittée des yeux. Cesar s'étonnait de sa maîtrise de lui-même. Il avait envie de lui arracher ses vêtements et de la prendre sur-le-champ.

Depuis combien de temps y pensait-il ? A quel moment sa suspicion s'était-elle transformée en désir ?

Jude ferma les yeux, esclave de la chaleur qui montait en elle. Elle sentait son genou se déplacer lentement entre ses cuisses et elle adorait ça. Malgré elle, son corps se pressait contre sa jambe musclée. Son soupir se fit gémissement lorsqu'il se rapprocha d'elle et plaça une main sur ses fesses.

Cesar la regardait, et profitait lascivement de son triomphe. Les yeux de Jude étaient fermés et elle s'était renversée en arrière, abandonnée à son emprise. Il aurait aimé aller plus loin, plus vite, mais une petite voix étrange le freinait, lui soufflant qu'elle ne le désirait pas réellement. Seul le corps de Jude était tombé dans son piège, rien d'autre. S'il lui enlevait son T-shirt, s'il plongeait les doigts à l'endroit que sa cuisse caressait, ne finirait-elle pas par reculer, par revenir à la raison ?

Il n'avait jamais hésité dans ce genre de situation, auparavant. Mais avec Jude, c'était différent : il fallait qu'elle fasse le premier pas, qu'elle vienne à lui. La frustration lui fut terrible et lorsqu'elle lui offrit enfin ses lèvres, il ne put résister à la tentation de s'en emparer violemment.

Jude gémit. Elle sentait le tissu gonflé du boxer contre elle et ne put s'empêcher d'y mettre la main, avant de passer sous sa ceinture pour saisir son sexe raidi. Elle ne se contrôlait plus.

— Ne commence pas si tu ne comptes pas finir, murmura-t-il, la voix rauque.

Jude ouvrit les yeux.

— Qu'est-ce que tu ferais si je partais, maintenant ?

Elle s'amusait de le voir enfin perdre le contrôle de la situation. C'était tellement inattendu de la part d'un homme comme lui ! Continuant à le caresser, elle le regarda perdre aussi ses mots. Saisissant son sweat-shirt, elle le fit passer au-dessus de sa tête avant de venir caresser son torse large et puissant.

— A mon tour, maintenant, dit-elle dans un sourire.

Elle allait enlever son haut, mais il fut plus rapide qu'elle, le faisant glisser au-dessus d'elle en un éclair et arrêtant la main de Jude qui allait dégrafer son soutien-gorge. Il empauma ses seins et joua avec les pointes dressées sous le tissu délicat.

— Ne nous pressons pas, parvint-il enfin à articuler. Je veux profiter de chaque centimètre carré de ton corps magnifique. Je veux prendre mon temps.

Dehors, la nuit avait jeté son voile noir sur la neige. Mais Jude ne s'en apercevait pas, haletante alors que la bouche de Cesar était maintenant plaquée sur l'un de ses tétons roses. Elle sentit son jean glisser le long de ses jambes et tenta de garder son calme.

— On devrait peut-être monter, murmura-t-elle.

— Le sofa est assez large pour nous deux. Et puis ce serait dommage de ne pas profiter du feu.

Il l'allongea sur le dos et lui emprisonna les mains au-dessus de la tête, avant de reporter son attention sur ses seins dressés. Cambrée vers lui, elle sentait les étincelles du désir embraser sa peau. Jude gémissait, fiévreuse, et lorsqu'elle se libéra de sa bouche, ce fut pour pousser son visage plus bas, qu'il puisse enfin goûter ce à quoi aucun homme n'avait goûté avant lui. Elle frissonna en sentant sa langue courir le long de son ventre, s'attarder sur son nombril et flatter ses hanches. Et puis il glissa sa langue en elle et il fallut qu'elle se retienne pour ne pas avoir immédiatement un premier orgasme contre sa bouche. Elle savait qu'ils n'avaient aucun moyen de contraception à leur disposition. Jamais elle n'avait eu à affronter ce genre de situation, et elle n'était pas l'une de ces femmes modernes qui gardaient toujours un préservatif dans leur sac, au cas où. Elle décida que tout irait bien et lorsqu'il se plaça au-dessus d'elle en lui demandant si elle se protégeait, elle hocha la tête sans hésiter.

Lorsque Cesar entra en elle, toutes ses questions s'évanouirent. Elle cria, s'agrippant à son dos, et atteignit très vite un orgasme puissant alors qu'il la pénétrait d'un dernier coup de reins. Haletant, il la fixa un instant et finit par basculer sur le sofa, l'attirant à lui. Leurs corps étaient trempés de sueur.

Jude semblait sur le point de s'endormir, mais elle avait l'air comblée, pensa Cesar en la regardant. Confiant dans ses capacités, il résista à la tentation de lui demander ce qu'elle avait pensé de leur étreinte…

— Je… J'ai du mal à réaliser ce qui vient de se passer, murmura Jude, pantelante.

— Nous avons fait l'amour.

— Je sais bien mais… C'est juste que je ne fais jamais ce genre de choses : coucher avec un homme que je ne connais pratiquement pas…

Elle aurait dû se lever et s'habiller, mais il la tenait dans ses bras et son emprise la rendait faible et languissante.

— Tu ne me croiras peut-être pas, mais moi non plus, répondit-il.

— Tu as raison, je n'en crois pas un mot…

Cesar rit doucement et lui caressa les cheveux. Ils

auraient pu faire l'amour à nouveau, comme des adolescents le soir de leur première fois.

— Bon, je l'admets, je n'ai pas vécu une vie de moine depuis la mort de Marisol, mais ça ne s'est jamais produit aussi spontanément…

— Tu veux dire que tu fais la cour aux femmes avant de les mettre dans ton lit ? Le résultat reste le même. Tu ne te sens pas seul, parfois ?

Cesar se raidit.

— Tu n'as pas à répondre, reprit-elle. Pas si ça te fait peur.

— Peur ? Est-ce que j'ai l'air d'avoir peur ?

— Pas vraiment peur, mais…

— Je ne me sens pas seul. J'ai une vie très active, figure-toi.

— Bien sûr, fit Jude, mi-figue, mi-raisin.

— Pourquoi ce ton cynique ?

Il ne lui en voulait pas le moins du monde, trop détendu pour la laisser l'atteindre par ces curieuses insinuations. Il se sentait tellement bien… Grâce à l'air pur de la campagne, sans doute.

— Je ne suis pas cynique et je te crois, protesta Jude. J'imagine que tu fais beaucoup de sport, que tu sors tout le temps et que des centaines de femmes sont prêtes à se jeter à tes pieds.

— Tu as raison pour ces trois suppositions.

Il lui répondait honnêtement. Pour un homme comme Cesar, les femmes étaient d'autant plus faciles à séduire qu'elles n'étaient qu'une distraction passagère et plaisante. Ce qu'il vivait avec Jude, en revanche, était nouveau, et pas seulement en raison des circonstances pour le moins insolites qui les avaient réunis, mais parce qu'elle n'était pas son type de femme habituel.

— Où est-ce que tu sors ? Au théâtre ? Au cinéma ?

— Je vais au théâtre, oui. Par contre, je ne pourrais

pas te citer le dernier film que je suis allé voir, car je n'ai pas le temps pour aller au ciné.

— Une pièce peut être plus longue qu'un film…

— En fait, je vais au théâtre pour faire plaisir à mes clients, ou les laisser me faire plaisir. Ce genre de soirées n'est fait que de congratulations mutuelles.

— Tu dois t'ennuyer à mourir…

— Je connais en effet des passe-temps plus agréables.

Il lui sourit et lui caressa un sein.

— L'entracte est fini. Si on reprenait ? poursuivit-il.

— On pourrait… parler, non ? Au moins un peu ?

— Pourquoi ?

Jude le regarda. Elle n'aurait pas dû poser tant de questions. Elle avait fait l'amour avec Cesar, mais il ne semblait pas prêt pour quoi que ce soit d'autre. Elle sourit faiblement.

— Tu as raison, pourquoi parler ? De toute façon, j'ai passé trop de nuits seule.

Elle le sentit se raidir.

— Qu'est-ce que tu veux dire ? Je ne suis censé servir qu'à… ça ?

— Ça te dérangerait ?

Cesar pouvait jeter les femmes comme de vieux mouchoirs, mais ne supportait pas qu'on puisse avoir la même disposition d'esprit à son égard ! Il se trompait dans ses craintes, d'ailleurs, mais il méritait tout de même une leçon. Qu'elle allait s'employer à lui donner…

— Tu es plutôt… gâté par la nature, reprit-elle.

— Gâté ? répéta Cesar, interloqué.

— Ne me dis pas que je suis la première femme à te le dire.

Elle s'amusait franchement et ne comptait pas s'arrêter en si bon chemin.

— Il faudrait être stupide pour ne pas sauter sur l'occasion de s'offrir une petite aventure sans lendemain, ne crois-tu pas ? poursuivit-elle avec malice.

Elle ne se reconnaissait pas. Avec James, elle avait toujours fait preuve de patience, ils avançaient un pas après l'autre. Elle avait attendu de bien le connaître avant de se donner à lui. Et aujourd'hui…

— Je n'arrive pas à croire que tu t'exprimes ainsi, lança-t-il, sidéré.

Mais elle le fit taire d'un baiser et il y répondit, presque contre son gré. Elle se sentait puissante, soudain.

— Qu'est-ce qui te choque ? Tu aimes le sexe sans lendemain, non ? Sans les problèmes relationnels qui vont avec.

— Tu exagères.

— Vraiment ?

Jude fronça les sourcils, avant de reprendre :

— Désolée, je me montre simplement honnête par rapport à ce que je connais de toi. Je dis toujours ce que je pense, tu le sais. C'est toi qui l'as remarqué.

— J'ai déjà eu de vraies relations, Jude.

Il se sentait accusé et comptait bien se défendre. Il poursuivit.

— Il se trouve que ces relations ne m'ont jamais amené jusqu'à l'autel, c'est tout. Demande à n'importe quelle femme avec laquelle je suis sorti. Elles te diront toutes qu'elles ont passé des moments formidables.

Il lui décocha un sourire enjôleur et elle sentit son pouls s'accélérer. Leur conversation était dangereuse, mais elle voulait voir ce que Cesar cachait derrière sa carapace.

— Si tu le dis, lâcha-t-elle en haussant les épaules. Parler est inutile, de toute façon. On peut parler des années avec une personne sans la connaître vraiment.

— Et d'un autre côté, on peut passer quelques minutes avec quelqu'un et avoir l'impression de la connaître intimement.

Il passa le pouce sur la pointe de son sein, et une vague de frissons courut le long de sa peau. Elle gémit et se lova contre lui.

— C'est ce qui est arrivé à mes parents, tu sais… Un coup d'œil échangé au cœur d'une foule et leur avenir était scellé.

— Ce qui fait de moi un candidat plus plausible que ton ex. Prends garde à ne pas tomber amoureuse.

— Franchement ? demanda-t-elle, hilare. Il faudrait m'interner si j'étais assez folle pour ça.

Tomber amoureuse ? Y penser était si étrange qu'il valait mieux le nier de toutes ses forces.

Malgré l'irritation que semblaient avoir provoquée ses paroles sur Cesar, elle poursuivit :

— Je ne tomberais pas amoureuse de toi, serais-tu le dernier homme sur terre.

Pourtant, elle était nue dans ses bras, ce qui lui aurait semblé rigoureusement impossible deux jours auparavant.

— Je suis dévasté, dit-il avec un demi-sourire, faisant glisser sa main entre ses cuisses. Tu es très nuisible pour mon ego. Beaucoup d'hommes se sentiraient insultés d'être considérés comme des jouets.

— Mais tu n'es pas un jouet…

Elle aurait presque préféré qu'il en soit un…

Cette fois, ils firent l'amour plus violemment, dans l'urgence. Lorsqu'il eut embrassé chaque centimètre de son corps, il la plaça au-dessus de lui, la laissant prendre le contrôle alors qu'elle embrassait son visage, ses lèvres, son cou et ses épaules.

Il avait perdu toute notion du temps quand il refit surface. Ses jambes étaient raides. Pas étonnant, après avoir passé la nuit sur un canapé et dans une position inconfortable, car elle s'était endormie sur lui… Alors qu'il bougeait, elle s'étira et poussa un léger gémissement sans pour autant se réveiller. Il se dégagea et se leva, avant de baisser les yeux vers elle. Elle respirait doucement, évoquant un chat tranquillement endormi. Jude s'était montrée tour à tour timide et réservée, puis passionnée et audacieuse. Qui était-elle, bon sang ?

Ce qui était sûr, c'était que si elle décidait de séduire Fernando, le pauvre diable n'avait aucune chance. Elle s'étira une nouvelle fois et ouvrit l'œil. Elle ne sourit pas, pas plus qu'elle ne tenta de l'amener à elle. C'était légèrement irritant. Cesar avait l'habitude que les femmes s'emploient à le faire rester au lit. Il se retrouvait dans une situation bien étrange. Jude lui avait laissé entrevoir qu'elle pouvait être attirée par lui et il avait aussitôt réagi, oubliant son travail, son portable et son ordinateur. Faire l'amour avec elle était une bien meilleure façon de passer le temps. Mais elle, que pensait-elle vraiment de leur petite aventure ?

Jude aussi s'interrogeait : elle avait passé la nuit avec Cesar parce qu'il la fascinait. Elle le voulait et l'avait obtenu. Il y avait des sentiments, sans doute, entremêlés à tout cela. Il fallait donc qu'elle agisse, avant que ces sentiments ne lui posent problème.

Elle laissa son regard dériver vers la fenêtre.

— Tu as vu le temps ?

Il se leva et marcha jusqu'à la fenêtre pour détailler la campagne environnante, toujours habillée de blanc.

— La neige s'est arrêtée, constata-t-il.

Le rideau retomba et il se retourna vers elle. Jude s'humecta les lèvres, avant de dire :

— Ecoute… A propos de cette nuit…

— Tu veux dire… à propos du fait que tu te sois servie de moi pour satisfaire tes besoins les plus primaires ?

— Ce n'est pas exactement ce qui s'est passé, reconnut-elle à contrecœur.

Cesar se dirigea vers la pile des vêtements qu'ils s'étaient arrachés mutuellement et récupéra son boxer.

— Eh bien tant mieux, ça réconforte un peu mon ego.

— Nous nous sommes laissé emporter. Bloqués ici, avec la neige… C'est comme les gens qui font des choses folles pendant les vacances. Il suffit de prétendre que ça n'est jamais arrivé.

— Et si je n'ai pas envie de faire semblant ?

— Pourquoi non ?

— Admettons que j'aie plutôt apprécié ce qui s'est passé… Ce serait une excellente raison de ne pas vouloir rayer ce moment de ma mémoire…

Il haussa les épaules devant le silence de Jude et reprit :

— Alors voilà, la neige s'arrête et tout le monde reprend le cours de sa vie… Tu crois vraiment que ça changera quelque chose à l'étincelle qui crépite entre nous ? Et si j'ai envie de t'embrasser, maintenant, est-ce que tu comptes détourner la tête et te convaincre que je ne te plais pas ?

Il avait fini sa phrase doucement, en se rapprochant d'elle. Jude, qui n'avait pas imaginé un seul instant qu'il puisse lui donner ce genre de réponse, restait interdite.

— Ce… Ce n'est pas ce que j'essaye de te dire, dit-elle enfin.

— Alors quoi ?

Il s'était appuyé sur le sofa et leurs deux corps se rapprochaient au fur et à mesure que les coussins s'affaissaient.

— Alors ce qui s'est passé cette nuit ne nous ressemble pas ! Je ne suis pas le genre de femme à coucher avec le premier venu, et si j'ai pu te laisser croire que je t'utilisais, ce n'est pas ce que je fais d'habitude. D'habitude, quand je m'intéresse à quelqu'un, j'attends plus longtemps qu'une seule nuit avant de…

— Ce sont des choses qui arrivent.

— Pas à moi ! Nous sommes différents, Cesar. Nous ne vivons pas les mêmes choses, et ce que tu cherches chez les femmes n'est pas ce que je cherche chez les hommes.

— Ç'a le mérite d'être clair, grinça Cesar, dépité.

— Tu sais que j'ai raison. Tu vois les femmes comme un passe-temps…

Il lui coupa la parole :

— Parce que je suis seul et malheureux, je connais la chanson ! Ce n'est pas la première fois que j'entends ce genre de choses et tu l'as déjà insinué hier.

Jude s'était attendue à ce qu'il soit plus agressif. Son ego démesuré de mâle n'était-il pas censé réagir vigoureusement à ce qu'elle disait ? Pourquoi n'était-il pas hors de lui ?

— Tu as raison sur un point, poursuivit-il. Sans parler de ces histoires de malheur et de solitude, je ne m'engage pas car je ne veux pas de relation suivie. C'est aussi simple que cela. Mais toi, Jude, que cherches-tu ? Qu'une relation longue émerge de tout ceci ?

— Je ne vais pas perdre mon temps avec quelqu'un qui a peur de s'engager, et comme je te l'ai dit, tu n'es pas le genre d'homme avec qui je me vois entamer une relation, répondit-elle avec aplomb. Ça ne me dérange pas de reconnaître mon erreur et de passer à autre chose.

— Passer à quoi ?

— A une autre histoire, avec quelqu'un qui acceptera de construire quelque chose. Si rien n'en sort, ce n'est pas grave : on aura essayé tous les deux. Personne ne peut prédire l'avenir, mais on peut partir avec un même objectif. Toi et moi, nous n'avons pas les mêmes objectifs, Cesàr. Tu entamerais ton histoire avec moi en la vouant à l'échec, comme les autres. Dans ton esprit, rien n'arrivera jamais à la hauteur de ton premier mariage, et de ce fait, tu ne vois même plus pourquoi il faudrait essayer d'avoir une vraie relation. Donc, tu prends ce que tu veux et tu t'en vas.

Elle avait vu le muscle de sa mâchoire se contracter de nombreuses fois pendant sa tirade. Froidement, il attendit qu'elle se taise et demanda :

— Tu as fini ?

— Tu dois penser que je suis stupide…

— Ta vie te concerne, comme tes choix, mais j'aimerais te faire une petite observation : pendant que tu restes sur le banc de touche à attendre qu'un prince charmant arrive et t'emporte sur son cheval blanc, la vie te file sous le nez.

— Tu as raison, c'est mon choix.

— J'étais sur le point d'aller prendre une douche, reprit-il, coupant court à la discussion. Après ça, je sortirai vérifier si j'arrive à pelleter assez profond pour retrouver ma voiture sous la couche de neige.

Il n'avait jamais eu à supplier une femme et n'allait certainement pas commencer maintenant. Elle avait été claire.

A la porte, il demanda cependant :

— Juste pour savoir, à quoi ressemble ton idéal en matière d'homme ?

— Ce serait quelqu'un de gentil et d'attentionné, répondit Jude, sur la défensive.

Est-ce qu'elle gâchait vraiment sa vie à rêver d'un fantasme ? Et si Cesar était si loin que cela de l'homme idéal, alors comment avait-il pu faire battre son cœur aussi vite ? Comment avait-il pu la faire se sentir si vivante, l'emportant contre toute raison dans le tourbillon de sa passion ?

— Un parfait chevalier servant, répondit-il sur le ton de la dérision.

— En tout cas, mon homme idéal, c'est quelqu'un qui ne se prend pas pour Dieu ! lança-t-elle en guise de contre-attaque.

— Pourquoi as-tu couché avec moi ?

— Tu ne devais pas prendre une douche ?

— Pas avant d'avoir ma réponse…

— Très bien ! J'ai couché avec toi parce que… parce que tu m'excitais ! Satisfait ?

— Oui. N'oublie pas que j'utilise les femmes. Je voulais simplement entendre cet aveu de ta bouche, pour que tu te souviennes que parfois, il n'y a pas d'objectif, et que c'est très bien comme ça.

Sans plus attendre, Cesar fila se doucher. Bien sûr, il avait eu le dernier mot, mais il triomphait sans joie.

En sortant de la salle de bains, Cesar se vit dans le miroir et se trouva l'air soucieux. Les femmes telles que Jude n'apportaient que des ennuis. Heureusement, elle avait su se montrer honnête et directe : elle l'écartait parce qu'il ne correspondait pas à ses attentes. Il avait fait la même chose avec un nombre incalculable de femmes par le passé, peut-être avec moins de franchise, mais pour le même résultat.

C'était cette chaumière du bout du monde qui l'avait rendu fou. A la seconde où il reviendrait à la civilisation, il oublierait et reprendrait ses conquêtes, but qu'il n'avait pas poursuivi depuis trop longtemps. Il redeviendrait l'homme qui travaillait dur et se jouait des femmes, couchant simplement avec elles sans s'engager, sans que les émotions ne viennent perturber la simplicité de ces relations.

Il ne s'était pas rasé depuis deux jours. La fine barbe lui donnait un petit côté homme des cavernes, en harmonie avec ce lieu reculé. Ou était-ce son attitude qui datait de l'âge de pierre ?

Avec un peu de chance, la neige fondrait rapidement et il pourrait quitter cet endroit maudit. Au moins, une chose était sûre, songea-t-il après réflexion : Jude ne courait pas après son frère pour l'argent. La seule chose après quoi elle courait était un chevalier en armure scintillante. Et comme elle avait de la suite dans les idées, si elle avait vraiment été intéressée par ce pauvre Fernando, ils seraient déjà mariés et en route pour leur lune de miel.

Finalement, cette passade lui servirait de leçon : toujours garder ses ennemis près de soi.

5.

Comment avait-elle fait pour survivre aux deux jours d'isolation passés en compagnie de Cesar ? se demanda Jude tout en mâchant son chewing-gum — chose qu'elle faisait de manière compulsive depuis qu'elle avait vu son invité surprise fermer la porte derrière lui. Elle comprenait en tout cas qu'il était sorti gagnant de leur confrontation.

En quittant la douche, il s'était conformé à toutes ses exigences. Elle lui avait demandé de faire comme si rien n'était arrivé entre eux, et il avait opiné du chef. Pendant qu'il vérifiait l'état de sa voiture, elle avait remis de l'ordre dans le salon, s'éloignant un peu plus à chaque geste de la nuit de folie qu'elle venait de passer. Elle avait même allumé deux bougies odorantes qui avaient purifié l'air de la pièce. Ils avaient mangé dans la cuisine, discutant de sujets badins avant de se retirer dans leurs chambres respectives, le plus tôt possible. Sa politesse la blessait, paradoxalement. Elle s'était demandé sur l'instant comment il pouvait se montrer aussi détaché, mais maintenant, elle comprenait enfin. Cesar n'était pas le genre d'homme à se laisser dominer par les émotions.

Et il n'avait aucun sentiment pour elle. Il avait couché avec elle et avait apprécié cette aventure ; probablement auraient-ils pu continuer à se voir de temps à autre pendant un petit moment, mais ça n'aurait pas été assez pour elle et il l'avait accepté avec un haussement d'épaules. Toute capacité à s'émouvoir avait été enterrée avec sa femme.

La neige avait fini par fondre. Au matin, elle s'était réveillée pour le trouver habillé, sur le départ. Il avait déjà fait démarrer la voiture et l'avait garée devant le porche pour lui dire au revoir, sans même couper le moteur. Elle avait compris qu'il préférait partir le plus vite possible.

Depuis lors, aucune nouvelle. Elle était allée voir Freddy et Imogen, et Freddy lui avait assuré que Cesar acceptait d'investir dans son projet. Il ne semblait pas absolument emballé par l'idée, mais ne l'avait pas non plus démolie en cinq secondes.

Jude s'occupait à dessiner lorsque le téléphone sonna. Son cœur manqua un battement à la perspective d'entendre Cesar, mais il n'avait même pas son numéro. La surprise fut tout de même au rendez-vous lorsqu'elle entendit la voix paniquée de Freddy. Son flot haché était incompréhensible. Elle dut lui demander de se calmer et de ralentir.

— Je suis à l'hôpital, finit-il par articuler dans un souffle.

— L'hôpital ? Pourquoi ? Tu es blessé ?

Jude sentit la panique lui fouetter les sangs et elle pressa le combiné du téléphone contre son oreille.

— C'est Imogen, elle a été admise en avance.

— Mais le bébé n'est pas censé arriver avant deux mois !

— Il faut que tu viennes, Jude, répondit Freddy d'une voix tremblante. Elle est en travail et je suis mort d'inquiétude.

— J'arrive.

— Et il faudrait que tu… préviennes Cesar.

— Le prévenir, moi ?

La simple mention de son nom lui avait tordu le ventre. Lorsqu'elle avait vu Freddy pour la dernière fois, il lui avait avoué qu'il n'avait pas osé parler d'Imogen à son frère. Le club, c'était déjà bien assez. S'il avait enchaîné sur sa vie privée, Cesar se serait emporté comme il en avait l'habitude. C'était un mensonge tactique, par omission.

— Je ne suis pas en état de lui apprendre pour Imogen, poursuivit-il d'une voix angoissée. Je sais que j'aurais dû lui en parler la dernière fois que je l'ai vu, mais…

— Très bien. Je pars pour l'hôpital. Il faut que tu me donnes le numéro de ton frère.

Quinze minutes plus tard, elle était en route. La neige avait disparu, une vague de douceur succédant à l'épisode de froid. Il fallait encore qu'elle appelle Cesar, mais elle voulait d'abord s'assurer que Freddy et Imogen allaient bien. Elle avait glissé dans sa poche le petit papier sur lequel elle avait griffonné son numéro à la hâte.

En déboulant dans le hall de l'hôpital, elle sentit le début d'un mal de crâne faire pression sur ses tempes : l'inquiétude…

Freddy descendit dès qu'il fut prévenu de son arrivée. Il avait l'air mal en point, à deux doigts de s'évanouir. Le bébé allait bien, mais il avait été placé en soins intensifs par mesure de sécurité. C'était une fille. Comme il lui faisait le résumé de la matinée, ses yeux s'emplirent de larmes et il détourna la tête.

— Ils m'ont dit de la faire baptiser vite… Au cas où…

Elle le prit dans ses bras et murmura :

— N'envisageons pas le pire, d'accord ? Tu vas te rendre fou d'inquiétude. Comment va Imogen ?

— Elle a perdu beaucoup de sang.

— Mais… Ça va aller ?

— Ils ne m'ont rien dit. Les prochaines heures seront décisives. Jude, il faut que je retourne la voir. Est-ce que tu as… pour Cesar ?

— Je l'appelle dans une minute. Je voulais d'abord te voir, m'assurer que vous alliez bien. Tous les trois, acheva-t-elle avec un sourire rassurant. Si Imogen est réveillée, tu l'embrasseras pour moi, n'est-ce pas ?

Les nerfs à vif, Jude se dirigea vers la cafétéria. L'odeur

de l'hôpital était étrange, déstabilisante. Plus haut dans les étages, sa meilleure amie attendait des nouvelles de son enfant prématuré. Dans la cafétéria, tout le monde attendait des nouvelles de tout le monde, bonnes ou mauvaises. Elle prit un café et partit s'asseoir à la table la plus éloignée. Freddy lui avait confié quelques autres numéros à appeler, mais le premier qu'elle composa sur son portable était celui de Cesar, et il décrocha à la première sonnerie.

Sa voix de velours un peu rauque se fit entendre à l'autre bout du fil, comme s'il avait été assis à côté d'elle.

— Cesar, c'est moi. Jude, ajouta-t-elle précipitamment, comme s'il avait pu oublier son existence.

A des kilomètres de l'hôpital, dans son bureau londonien, Cesar se raidit. Il fit un signe à sa secrétaire pour la prier de partir et attendit qu'elle ait fermé la porte derrière elle. Les deux dernières semaines avaient été éprouvantes pour lui, ce qui l'avait réellement énervé. Sa formidable maîtrise de lui-même semblait avoir disparu, et il n'arrivait pas à chasser le souvenir de Jude qui semblait s'infiltrer par toutes les fêlures de sa carapace. Il n'arrivait plus à rester concentré pendant les réunions et devait s'empêcher de penser à elle tout le temps. Son odeur, la texture de sa peau flottaient en permanence dans son cerveau, sans qu'il réussisse à les en déloger. Entendre la voix de Jude fit remonter en lui la rage qu'il ressentait à l'idée de perdre le contrôle.

— A quoi dois-je cet honneur ? demanda-t-il froidement.

— Ecoute, j'imagine que tu es surpris de m'entendre, mais…

— Comment as-tu eu ce numéro ?

— Ça n'a pas d'importance. Cesar, il est arrivé quelque chose…

Cesar sentit l'urgence dans sa voix et il se leva, prêt à réagir ou à encaisser.

— Que se passe-t-il ? Où es-tu ?

— Je… Je suis à l'hôpital.

Il était inutile de tenter d'expliquer ce genre de choses au téléphone. A la minute où Freddy lui avait demandé d'appeler son frère, elle avait su qu'il faudrait qu'elle le revoie pour lui parler en face.

— Est-ce… Est-ce que tu pourrais venir ? Je t'expliquerai tout quand je te verrai. Navrée de te prendre au dépourvu…

— Le nom ?

— Pardon ?

— Le nom de l'hôpital ? Lequel est-ce ?

Il gribouilla la réponse de Jude sur un bout de papier qu'il fourra dans sa poche. Plusieurs réunions étaient prévues dans l'après-midi et il était censé partir à l'étranger le soir même. Mais il n'en avait cure.

— Dis-moi de quoi il s'agit, tenta-t-il dans un effort pour reprendre le contrôle de la situation. Je suis un homme occupé.

— Je sais et je suis désolée, mais je ne veux pas en parler au téléphone. C'est important.

— Bien. Je serai là dans une demi-heure.

Un sourire naquit sur les lèvres de Jude.

— Comment ? En volant ?

— Absolument.

Cesar calculait déjà le temps qu'il mettrait à rejoindre son hélicoptère privé.

— Où dois-je te rejoindre exactement ?

— Je serai à la cafétéria de l'hôpital.

Elle l'entendit raccrocher. Cesar avait posé peu de questions et n'avait pas semblé trop curieux, ce qui arrangeait Jude. Il devait bien se douter que Freddy était mêlé à tout cela et devait sans doute craindre le pire ; au moins, ce qu'elle lui dirait apparaîtrait comme un soulagement.

Après avoir tenté sans succès d'obtenir des nouvelles d'Imogen à l'accueil, et alors qu'elle finissait son deuxième café, elle sentit l'inquiétude peser désagréablement sur ses épaules. Elle n'arrivait pas à penser à autre chose qu'à la venue imminente de Cesar et jetait des coups d'œil nerveux vers l'entrée de la cafétéria. Si la nouvelle de l'existence d'Imogen et de son enfant déplaisait à Cesar, elle serait en première ligne…

Quelques minutes plus tard, une ombre vint s'interposer entre elle et la lumière du soleil. Elle leva les yeux lentement et leurs yeux se rencontrèrent. Sa veste de costume sur le bras, il était magnifique. Elle ne bougea pas, lui adressant un sourire timide.

— Est-ce que tu veux un café ? demanda-t-elle.

— Ce que je veux, répondit-il, c'est savoir ce que je fais ici.

Il tira la chaise vers lui et s'assit en face d'elle. Il avait passé le voyage dans un état d'anxiété anormal et était soulagé de la voir saine et sauve, ce qui, d'ailleurs, l'énervait encore plus. Elle avait les yeux cernés et lui sembla décoiffée. A cause de l'angoisse ?

— C'est une longue histoire, Cesar…

— C'est de mon frère dont il s'agit ? Dis-moi.

— Freddy… Freddy va bien.

— Et toi ?

Il n'avait pas réussi à contrôler la question impulsive.

— Je vais bien, merci d'avoir demandé. Je n'ai rien à voir là-dedans.

— Alors bon sang, que se passe-t-il ?

— Je vais te le dire ! Si tu pouvais juste me laisser le temps…

— Je n'ai ni le temps ni l'inclinaison naturelle à la patience.

— Il s'agit de ton frère, Cesar.

— Tu m'as dit qu'il allait bien.

En décrochant à son appel, il avait supposé que c'était elle qui était en danger. Mais en regardant autour de lui dans cette cafétéria pleine de gens inquiets, il comprenait qu'il y avait autre chose. En un éclair lui vint la pensée qu'il n'avait jamais pris le temps de resserrer les liens entre lui et Fernando, et qu'il avait peut-être laissé passer sa chance. Mais non. Ce ne pouvait être cela. Jude avait dit qu'il allait bien.

— Il va bien. Plus ou moins.

— Bon sang, va droit au but, Jude !

— Ce n'est pas si simple !

Comment réussir à expliquer la situation de Freddy et d'Imogen en quelques phrases ? Elle avait vaguement pensé à ce qu'elle dirait, mais rien ne lui revenait, et elle regrettait maintenant de ne pas tout avoir couché sur le papier. Elle se serait contentée d'attendre sa réaction.

— Tu te rappelles avoir demandé pourquoi Freddy semblait si pressé sur ces questions d'investissement de ta part ? Et comme il était heureux que tu soutiennes le projet ?

— Continue.

Il ne s'attendait pas à pareil début, mais avait l'habitude d'être désarçonné en sa présence.

— Eh bien, il y avait une raison.

Elle le regarda avec une certaine appréhension. Il avait l'air d'un inconnu, froid et distant.

Etant donné l'endroit où ils étaient, une seule conclusion logique s'imposait.

— Il a des problèmes d'argent et il ne m'en a pas parlé ? Je savais qu'il aimait le jeu, mais je n'imaginais pas que c'était à ce point.

Cesar jura à voix basse. Il avait toujours gardé l'œil sur la vie de son frère, pour son bien, mais s'il y avait réellement un problème et que Fernando n'avait pas osé lui en parler, de peur des conséquences, alors la faute lui revenait entièrement.

— Il n'a pas pu rembourser et c'est pour ça qu'il est ici ? Un geste désespéré ?

— Freddy n'a pas joué depuis des mois, Cesar. Non, disons…

— La drogue ? C'est pour ça que je suis assis ici ? Il a fait une overdose ?

Il se passa nerveusement la main dans les cheveux et l'espace d'un instant, Jude sentit son cœur fondre à la vue de cet homme puissant et pourtant totalement désarmé. Elle tendit le bras et lui saisit la main. Un lien fragile se créa entre eux, vite brisé.

— Cesar, arrête, lui dit-elle fermement. Tu imagines tout et n'importe quoi. Freddy n'a pas de problème d'addiction, ni au jeu ni à la drogue. C'est plutôt tout le contraire : il n'a jamais été aussi concentré et lucide de toute sa vie. Il y a une raison pour laquelle il a changé.

— Crache le morceau, Jude.

— Il est amoureux.

— Amoureux ? Et il est à l'hôpital pour quoi, un cœur brisé ? Qui est-ce ?

Il avait froncé les sourcils en la regardant et Jude lui rendit son regard, outrée par l'insulte de sa question silencieuse.

— Pas moi, si c'est ce que tu penses ! Tu crois vraiment que j'aurais pu… Qu'on aurait pu, si…

Elle se reprit. Elle était là pour Freddy.

— Il est amoureux, et ce depuis longtemps, d'une jeune femme qui s'appelle Imogen.

— C'est impossible, trancha Cesar d'une voix impatiente. Ce nom ne me dit rien.

— Ne sois pas aussi prétentieux ! lâcha Jude, agacée. Tu vis dans une bulle et tu penses tout connaître et tout contrôler, mais c'est faux.

Cesar lui décocha un regard perplexe. Primo, son frère allait bien. Secundo, Jude allait bien. Et tertio, l'espace d'une seconde, l'histoire de Fernando amoureux l'avait rendu jaloux, lorsqu'il avait cru Jude impliquée.

— J'ai du mal à voir où tu veux en venir, Jude. Bon,

mon frère est amoureux. Ça lui est déjà arrivé et ça le reprendra.

— Ça ne lui est jamais arrivé et ça ne lui reprendra pas. Tu ne veux pas savoir pourquoi tu es là ?

Cesar rougit légèrement. Le soulagement de voir Jude hors de cause l'avait détourné du but de leur rencontre.

— Tu m'as dit pourquoi je suis là. Son nom est Imogen.

— Et on l'a conduite ce matin à l'hôpital pour donner naissance à leur enfant, qui est né prématuré.

Un silence assourdissant accueillit cette dernière phrase. Pour une fois, Cesar était abasourdi.

— Tu plaisantes ? dit-il au bout d'un moment qui parut à Jude une éternité.

— Est-ce que j'ai l'air de plaisanter ? Freddy m'a appelée ce matin à bout de nerfs. Il est ici depuis plusieurs heures et il est mort d'inquiétude. C'est lui qui m'a demandé de te mettre au courant à sa place.

— Pourquoi ai-je été écarté ? demanda-t-il plus vivement qu'il ne l'aurait voulu.

— Cesar, parle un peu moins fort… C'est un hôpital ici.

— Peut-on aller ailleurs ?

— Non, il n'y a rien à côté et je veux rester pour avoir des nouvelles d'Imogen. C'est ma meilleure amie. Tu m'avais demandé comment j'avais rencontré ton frère. Maintenant tu sais.

— Vous m'avez menti tous les deux, toi et Fernando.

— Ce n'était pas un mensonge…

Jude savait que Cesar n'aimait pas qu'on lui mente : elle-même considérait son silence comme une simple omission mais malheureusement, il aurait sans doute du mal à percevoir la nuance.

— Je dois aller voir mon frère.

— Le moment est mal choisi pour une dispute. A vrai dire, je ne le permettrai pas.

— Tu ne le permettras pas ?

Le ton de sa voix aurait pu stopper un char d'assaut.

Mais Jude n'allait pas laisser Cesar passer sa colère sur son frère. L'heure n'était pas au jugement. Et même si dans le monde de cet homme d'affaires, on était habitué à parler sans détours, il n'en serait pas de même aujourd'hui.

— Exactement. Je ne te laisserai pas affronter ce pauvre Freddy avec…

— Tu m'as mal compris. Je ne compte pas agresser mon frère…

— Et heureusement, le coupa-t-elle avec vicacité. Freddy est inquiet pour la femme qu'il aime, et la situation est déjà assez grave pour que tu ne viennes pas l'empirer.

Cesar en était muet de stupéfaction. C'était bien la première fois de sa vie adulte qu'on lui interdisait quelque chose. Il ne demandait pas la permission de parler à Fernando, c'était sa volonté, point ! Et pourtant Jude lui avait interdit d'aller voir son frère, et elle le fixait avec le regard d'une institutrice remettant à sa place un élève récalcitrant.

— Je pense que nous devrions parler, continua-t-elle sans se démonter devant son expression outrée. Je peux t'expliquer pourquoi Freddy t'a caché tout ça…

— Tout comme toi. Tu n'as rien dit. Alors que nous étions chez toi, à faire l'amour.

Jude se sentit rougir. Elle n'avait nul besoin qu'on lui rappelle ce moment. Son cerveau s'en chargeait très bien tout seul. Et ses nuits étaient agitées en conséquence… Depuis quand n'avait-elle eu une vraie nuit de repos ?

— Tu avais raison, acquiesça-t-elle, trouvons un autre endroit où parler.

Elle avait besoin d'intimité pour une discussion de cette importance.

— Tu as peur que je m'emporte ? Que je disjoncte ?

— Je sais que tu ne feras pas ça.

Elle se leva avant d'ajouter :

— Je vais monter voir Freddy et le prévenir que je ne serai pas là pendant la prochaine heure. Je te retrouverai ici.

Cesar savait que rien ne l'empêchait de monter avec elle, mais il se contenta de hocher la tête. Il avait besoin de temps pour réfléchir, de toute façon. Il y avait cette histoire de mensonge, et plus important, le fait que son frère était maintenant père et lui avait caché une bonne partie de sa vie à cause de l'étrange relation qu'il entretenait avec lui.

Cesar se passa la main sur le visage. La journée allait être longue.

Il déverrouilla son téléphone et appela sa secrétaire, légèrement amusé de sa surprise quand il annonça que tous ses rendez-vous étaient à annuler jusqu'à nouvel ordre. C'était bien la première fois qu'il prononçait cette phrase. Après quelques banalités concernant son travail, il éteignit son téléphone et leva les yeux sur Jude qui revenait. Elle était splendide, sa frange de cheveux courts accentuant son regard décidé.

— J'ai parlé à Freddy, annonça-t-elle avec un sourire. La mère et l'enfant vont bien pour l'instant. Ils vont les garder le bébé et sa maman à l'hôpital pendant quelques semaines, peut-être plus, mais les médecins sont confiants et Imogen a le sourire. J'ai dit à Freddy que nous allions prendre un café en ville.

Elle n'ajouta pas que Freddy avait demandé à parler à son frère : elle voulait se charger de Cesar elle-même, pour désamorcer toute possibilité de violence. Ensuite, il serait temps de lui dire que son frère voulait le voir.

— Je suis garée au parking, ajouta-t-elle en se retournant.

Il ne fallait surtout pas qu'elle s'avoue qu'elle aimait l'idée de garder Cesar pour elle seule. Si elle avait été parfaitement honnête avec elle-même, elle l'aurait reconnu. Même si elle pouvait se douter que la conversation allait être difficile, sa simple présence lui suffisait, étrangement.

— Je ne t'ai pas demandé, dit-elle alors qu'ils sortaient de l'hôpital. Comment es-tu venu aussi vite ?

— En hélicoptère.

— Oh… Eh bien, je suis désolée de t'avoir arraché à tes responsabilités…

— Je le sais, tu t'es déjà excusée. C'est ça, ta voiture ?

Sa voiture… C'était au moins un sujet qui permettait d'alléger un peu la tension. La situation était tellement délicate… Il était préférable de rebondir sur l'étonnement qu'il n'avait pas dissimulé en voyant son véhicule.

— Oui. Pourquoi, c'est un problème ? demanda-t-elle en déverrouillant les portes de la vieille Land Rover.

C'était pour elle une voiture simplement fonctionnelle qui possédait grosso modo un moteur, une courroie, quatre sièges et rien d'autre. Et si ça ne lui plaisait pas…

— J'ai beaucoup de problèmes, répondit-il dans un souci d'apaisement, mais crois-moi, ta voiture ne figure pas sur la liste de mes tracas.

6.

Ils avaient effectué la route sans dire un mot. Cesar semblait perdu dans ses pensées, le regard vers la fenêtre. Jude ne disait rien, contente de ne pas avoir à débiter des banalités dans le seul but d'entretenir une conversation.

— Ils n'ont pas encore décidé du nom de l'enfant, finit-elle par dire pour briser le silence. Freddy pense à Maria, en hommage à ta mère où à Florence, pour faire plaisir à celle d'Imogen.

— Comment est-elle, cette Imogen ? s'enquit Cesar.

— Je ne peux pas te la décrire en deux phrases. Nous en parlerons tranquillement en prenant un café.

— J'ai besoin de quelque chose de plus fort qu'un café.

Jude hocha la tête. Il était presque 17 h 30. Elle avisa un bar restaurant qui servait toute la journée. L'endroit semblait spacieux, confortable et moderne. A cette heure-ci, il était vide.

— Bon, commença Cesar dès que la serveuse leur eut apporté l'eau minérale de Jude et son whisky. Parle-moi d'Imogen. Si Fernando a gardé le secret sur elle, ça ne doit pas être le genre de femme qu'on présente à sa famille.

Il eut un sourire cynique avant d'ajouter :

— Personne ne garde une relation secrète à moins qu'il n'en ait honte.

— Freddy n'a pas honte d'Imogen ! Il n'a aucune raison d'avoir honte. C'est une femme formidable, et j'en sais quelque chose. J'ai grandi à ses côtés.

— Quelle ironie d'entendre chanter les louanges d'une femme qui m'était encore inconnue hier... Soudainement, la voilà sortie de sa boîte et tu me dis qu'on ne trouve pas meilleure personne sur terre. Je me demande bien pourquoi on m'a caché cette perle si longtemps.

— A cause de l'argent que tu as investi, répondit Jude avec une parfaite franchise.

— Tiens donc... Alors, mon frère et toi avez comploté pour me la cacher jusqu'à ce que j'aie signé les papiers, c'est ça ?

— Nous n'avons pas comploté, Cesar.

— Ça m'en a bien l'air, pourtant. Je ne vois pas quelle meilleure description je pourrais trouver de vos manigances.

— Tu ne vas pas m'aider, n'est-ce pas ? soupira Jude.

— Qu'est-ce que tu t'imaginais ?

Jude prit son verre et le fit tourner quelques instants dans sa main.

— Voilà pourquoi Freddy pensait qu'on ne pouvait rien te dire. Je comprends mieux, à présent.

— Je n'ai jamais essayé de ruiner la vie amoureuse de mon frère, répondit Cesar en haussant les épaules. Il est libre de faire ce qu'il veut.

— Tant que ses relations restent passagères. Il m'a dit que son « rôle », ce qu'on attendait de lui, c'était d'épouser une femme aux revenus suffisants pour être indépendante.

— Je n'ai jamais tenu de tels propos, fit Cesar en prenant une gorgée de whisky.

— Mais c'était sous-entendu. Cesar, ça ne sert à rien de faire semblant, tout le monde sait que tu protèges l'argent de ta famille. Tu m'as pratiquement accusée de vouloir mettre la main sur votre fortune, lorsque nous nous sommes rencontrés. Imogen ne vient pas d'une famille riche comme la tienne. C'est pour ça que Freddy t'a caché leur relation.

— Il aurait dû me dire tout ceci lui-même, d'homme à homme. Il voulait l'argent, et il t'a envoyée à moi au lieu de régler les choses en personne.

— Il savait que tu risquais d'utiliser le levier du fonds fiduciaire pour peser sur sa relation avec Imogen. C'est celui qui a l'argent qui tire les ficelles…

— Oublions les revenus de cette femme, ou plutôt son absence de revenus ! Il doit bien y avoir une autre raison pour laquelle il ne m'en a jamais parlé.

Cesar voulait connaître toute l'histoire avant de décider comment agir. La nouvelle l'avait secoué, mais il fallait qu'il garde la tête froide.

— Freddy pensait que tu la verrais comme une croqueuse de diamants, à cause de son apparence.

Cesar se positionna confortablement sur sa chaise et avala le reste de son whisky d'un trait.

— Laisse-moi deviner, persifla-t-il. Blonde ? De grands yeux bleus ? Le corps sculpté mais plantureuse ?

— Quelque chose comme ça, murmura Jude.

Elle prit une grande inspiration avant d'ajouter :

— Elle travaillait dans une boîte de nuit. C'est là où ils se sont rencontrés.

— Dans une boîte de nuit ? Et qu'est-ce qu'elle pouvait bien y faire, avec ses cheveux blonds, ses yeux bleus et son corps sexy ? La comptabilité ? La réception ? Le vestiaire, peut-être ?

— Pas exactement. Elle… elle s'occupait de l'animation, en quelque sorte.

— En quelque sorte ?

Jude comprit qu'il ne la laisserait pas s'en tirer avec des approximations.

— Bon, si tu veux tout savoir, elle était strip-teaseuse. Mais rien de très… cru.

— Non, bien sûr, loin de moi cette idée ! fit Cesar avec une ironie froide. Ce devait être une strip-teaseuse qui ne se déshabillait pas.

Une image déplaisante vint à l'esprit de Cesar. Que Fernando sorte avec une strip-teaseuse, pourquoi pas, mais quelles étaient ses motivations à elle ? Combien de temps s'était-il passé avant qu'elle n'oublie « accidentellement » sa pilule et tombe enceinte ?

Jude l'observait avec attention.

— Je devine le tour que prennent tes réflexions, Cesar, et je peux te dire que tu as tort. Ils sont fous amoureux l'un de l'autre. Imogen est une des personnes les plus gentilles que j'aie jamais rencontrées. Nous sommes amies d'enfance et ce n'est pas une voleuse. L'argent ne représente rien pour elle.

— Admettons. Mais à présent, ils ont un enfant. Et ce qu'elle ne voulait peut-être pas pour elle, elle le voudra pour lui. J'imagine qu'elle était derrière l'idée de l'investissement du fonds dans le club.

— Pas du tout. C'était l'idée de Freddy. Il veut faire quelque chose de sa vie.

— Très bien. Pourquoi dans ce cas n'est-il pas venu travailler dans l'entreprise familiale ?

— Tu sais ce que ton frère pense du travail de bureau. Il a toujours détesté s'asseoir derrière un ordinateur et assister à des réunions. Et il était sur le point de tout te dire pour l'enfant.

— J'en suis sûr. Juste après avoir obtenu le contrôle de sa part. Sais-tu combien ce garçon vaut en dollars, bon sang ? fit Cesar entre ses dents.

— Beaucoup…

— Et s'il associe cette femme, combien vaudra-t-elle, bientôt, elle ?

Cette femme ? Elle ? Cesar ne pouvait-il faire preuve d'un minimum d'humanité ?

— Son nom est Imogen, lui rappela Jude en tentant de maîtriser la colère qu'elle sentait monter en elle.

Cesar haussa les épaules. Elle pouvait bien s'appeler comme elle voulait, c'était le cadet de ses soucis !

— Est-ce qu'il compte l'épouser ?

— Bien sûr que oui !

— Bon sang ! protesta-t-il, il aurait dû venir me voir avant de se retrouver dans une situation pareille.

— Il n'y a pas de « situation », Cesar. Il a entamé une relation de son plein gré et il en est heureux ! Cela ne veut rien dire pour toi ?

Elle le regarda longuement, pleine d'amertume, et finit par lâcher :

— J'imagine que non. Tu as oublié ce que c'était d'être amoureux, de faire des projets ensemble. Pourtant, tu as vécu cela, toi aussi…

— Ne compare pas cette… Imogen à la femme que j'ai épousée, s'indigna Cesar. Marisol était aimée de toute la famille. Il n'y avait aucun doute, aucune méfiance vis-à-vis de ses intentions. Elle était transparente comme le cristal, contrairement à…

— Et tu as été très chanceux de trouver l'union parfaite, le coupa Jude. Tu pensais pouvoir imposer tes critères à Freddy dans le choix de son épouse ? Sa situation financière ? La couleur de ses cheveux ?

Cesar haussa les épaules.

— Ne sois pas ridicule.

— Je ne suis pas ridicule ! Tu agis exactement de la manière qu'il redoutait.

— En me souciant de son bien-être ?

— En ne lui laissant aucune chance de faire ses propres choix ! Ce n'est plus un enfant, Cesar ! Et tu as aimé cette idée de club de jazz. Freddy me l'a dit. Le projet est bien ficelé et il y a beaucoup travaillé. Tu crois qu'un enfant en aurait été capable ?

— Où veux-tu en venir, Jude ?

— Laisse-lui le bénéfice du doute.

Jude savait pourquoi elle le défiait. D'abord, Imogen était de la famille, pour elle. Il aurait été préférable que Cesar et Freddy se parlent d'homme à homme, elle ne pouvait en disconvenir. Mais Freddy avait reculé, déjà débordé par le travail qu'exigeait le montage de son projet. Il avait eu tort, certainement, mais elle ne pouvait s'empêcher de le comprendre quand elle voyait la formidable personnalité de celui qu'il aurait eu à affronter. Elle-même ne pouvait mettre de côté ses propres sentiments malmenés par l'irruption de Cesar dans sa vie. Cet homme était comme un ouragan qui balayait tout sur son passage et du coup, Jude se retrouvait aux côtés de Freddy, tentant de résister à la tornade…

— Est-ce que tu l'as seulement traité en adulte une seule fois, Cesar ? reprit-elle.

Les dents serrées, il répliqua :

— Je comprends pourquoi il t'a envoyée faire le sale boulot. Tu es aussi tenace qu'un pitbull !

Jude sentit des larmes incontrôlées perler à ses paupières. Il avait parlé froidement, avec mépris. Où étaient ses mouchoirs quand elle en avait besoin ? Où était donc passée sa maîtrise d'elle-même ?

Elle baissa la tête. Lorsque le tissu blanc du mouchoir de Cesar apparut dans son champ de vision, elle refusa de le prendre et le mouchoir disparut, bientôt remplacé par son pouce, au coin de ses yeux. Jude sentit sa respiration se bloquer. Les prunelles de Cesar étaient si sombres qu'on aurait pu s'y noyer comme dans un lac sans fond.

— Je m'excuse pour cette dernière remarque, dit-il à voix basse, comme à contrecœur. J'ai eu tort.

Cesar n'avait pas rompu le contact avec elle, incapable de retirer la main qu'il avait posée sur sa joue. Il en voulait déjà plus. Il voulait incliner la tête et capturer ses lèvres, sentir sa langue contre la sienne. Il voulait passer sa main sous ses vêtements inutiles et sentir un sein dressé, en caresser sa pointe pour la préparer à sa bouche… Il lui fallut un effort herculéen pour revenir à la raison.

— Tu peux garder le mouchoir, dit-il en le posant devant Jude.

Jude sentait encore le contact de sa peau contre la sienne, comme s'il l'avait marquée au fer rouge.

— Merci…

Cesar se renversa sur sa chaise et la regarda. Pendant une seconde, il avait été désarçonné, envahi par les pulsions farouches qu'elle déclenchait en lui, mais il était capable de se reprendre. Il n'était pas né de la dernière pluie…

— J'admets que l'idée du club de Fernando n'est pas mauvaise. L'affaire peut marcher, s'il est capable de tenir la distance et d'y consacrer le travail nécessaire. Cela ne m'empêche pas de me méfier de cette femme.

— Tu arrêteras de te méfier dès que tu l'auras rencontrée, lui répondit Jude qui sentait qu'il avait baissé sa garde. Ce qui arrivera bientôt, je l'espère.

Elle se leva avant de conclure :

— D'ailleurs, nous devrions y retourner pour prendre des nouvelles. Freddy ne m'a pas appelée, j'espère que c'est bon signe.

Pris dans le trafic, il leur fallut une bonne heure pour retourner à l'hôpital. Trouver une place de parking fut cauchemardesque, mais lorsque Jude posa les yeux sur Freddy, elle comprit qu'Imogen avait survécu au pire. Elle comprit aussi qu'il redoutait la première et inévitable entrevue avec Cesar… Elle avait au moins la satisfaction de se dire qu'elle avait tout fait pour faciliter ce délicat moment. Soulagée de voir Imogen avec un peu de rose aux joues, elle prit longuement son amie dans ses bras. Derrière la vitre qui abritait la couveuse, l'enfant reposait, minuscule avec sa touffe de cheveux noirs. Elle le contempla d'un regard embué d'émotion avant de quitter la chambre et de laisser ses amis en famille.

Que pouvaient bien se dire les deux frères, se demanda-t-elle sur la route qui la ramenait au cottage ? Cesar semblait fermé comme une huître. Pour lui, tout était noir ou blanc, il semblait n'avoir aucune idée des zones grises qui constituaient la vie de la plupart des gens. Il avait un tel contrôle sur son existence qu'il lui était difficile d'imaginer qu'il puisse en être autrement pour les autres.

Pourquoi donc se sentait-elle aussi attirée par un tel bloc de granit ? A cause de cette intransigeance même, de la poigne de fer dont il gérait ses affaires et celles des autres ? A cause du morceau de glace qui lui tenait lieu de cœur ? Ou bien… parce qu'elle l'aimait ?

Il n'y avait pas eu de coup de tonnerre pour saluer cette prise de conscience, pas de feu d'artifice. L'idée s'était logée en elle simplement, confirmant ce que son cœur semblait lui crier depuis longtemps. Cesar comblait chacune de ses attentes et il n'y avait aucun moyen de lutter. Sur le papier, c'était la dernière personne qui lui convenait, mais l'amour était un jeu sans logique ni raison…

En le revoyant, cet après-midi, elle avait senti que son monde basculait. De retour chez elle, elle se demandait s'il finirait un jour par se remettre à l'endroit. Même aux moments où il l'agaçait le plus, Cesar trouvait le moyen de la faire fondre. Et lorsqu'il l'avait touchée…

Il l'avait traitée de pitbull, pourtant. L'avait fait pleurer. Les mots tournaient dans sa tête lorsqu'elle entendit trois coups frappés à sa porte. Cela ne pouvait être que Freddy. Elle se précipita pour ouvrir et faillit chanceler en apercevant Cesar. Pendant quelques secondes, elle se demanda même si son cerveau ne lui jouait pas un tour.

— J'ai pensé que tu voudrais savoir ce qui s'était dit à l'hôpital.

— Bien sûr.

— Alors, je peux entrer ?

— Comment es-tu venu jusqu'ici ?

— J'ai emprunté la voiture de Fernando. Il va passer la nuit là-bas.

Elle sentit son cœur battre la chamade et se demanda si elle n'allait pas mentir, lui dire qu'il arrivait au mauvais moment, qu'elle allait justement partir, mais où ? Avec son T-shirt trop grand et son jean effrangé, elle n'était pas habillée pour aller où que ce soit… Au bout du compte, un mensonge aussi piteux révélerait trop à Cesar de son état d'esprit. Jude se ravisa donc et demanda :

— Tout va toujours bien pour Imogen et le bébé ? Tu veux quelque chose à boire ? Thé, café ?

Elle sentit qu'il la suivait jusque dans la cuisine. Elle avait évité le salon : trop de souvenirs. Inutile de les raviver…

— Imogen continue à se remettre. Le bébé s'en sort du mieux possible. Son poids semble plus ou moins normal… pour un prématuré. Je prendrai un café.

Dos à lui, elle l'entendit tirer une chaise et s'asseoir. Elle tenta d'en savoir un peu plus sur ce qui s'était passé :

— Et du côté de Freddy ?

— Toujours aussi secret…

Jude se raidit, mais elle ne se retourna pas, préférant continuer à préparer leur café comme si de rien n'était.

— Je pensais que tu étais venu me dire que tu avais changé d'avis, que tu avais entendu mes arguments. Si j'avais su que tu venais simplement me répéter les mêmes choses que tout à l'heure…

— Je t'ai écoutée, la coupa-t-il.

— Et ?

— Je lui ai fait part de ma déception à propos de ses cachotteries.

Il leva une main apaisante avant qu'elle ne l'interrompe.

— Ne t'inquiète pas. Je ne suis pas le genre de monstre que tu crois voir en moi. J'ai bien compris que le moment était délicat pour Fernando. J'ai gardé mon calme.

Il avait l'air épuisé par l'effort !

— Naturellement, je lui ai dit que je devrai réfléchir à la mise à disposition de son argent, poursuivit-il.

— Génial ! En gros, tu lui as dit haut et clair que tu ne faisais pas confiance à la femme qu'il aime et qu'il veut épouser.

— En gros, je lui ai dit que j'étais prêt à mettre de l'argent dans son projet, une partie en tout cas.

— Et Imogen ? Est-ce que tu l'as seulement rencontrée ?

— J'ai préféré la laisser reprendre ses forces.

— Et tu vas rentrer à Londres, maintenant ? Ou bien tu comptes rester quelque temps pour soutenir Freddy moralement ?

Cesar hésita. Le sobre compte rendu qu'il venait de donner de leur entrevue avait laissé de côté l'empathie inattendue qu'il avait ressentie envers son frère et la profonde attention qu'il avait portée aux efforts de Jude pour lui faire voir les choses sous un autre angle. Un mois auparavant, il aurait traité la question comme un problème comptable, rayant purement et simplement son frère de la liste des bénéficiaires. Cependant, quelque chose en lui semblait avoir changé. Il se posait des questions. Quand, par exemple, son frère avait-il commencé à le craindre ? Comment en étaient-ils arrivés au point où il fallait se cacher un événement aussi primordial que la venue d'un enfant ?

Cesar avait entendu les accusations portées par Jude et elles l'avaient fait réfléchir, même si dans un premier temps elles l'avaient indigné. Suite à ces réflexions, il s'était montré clément vis-à-vis de Fernando. Ils s'étaient même embrassés en se séparant. Avant de quitter l'hôpital, Cesar était passé voir l'enfant, restant longuement devant la vitre de la couveuse : comment un être aussi petit pouvait-il être aussi bien formé ? Pour l'instant, en ce qui concernait Imogen, il réservait son jugement. Il fallait qu'il la rencontre, mais il se préparait à l'idée de leur concéder le bénéfice du doute, à tous.

Ceci étant, il était toujours en colère contre Jude et cette colère agissait comme un poison en lui. Elle lui avait caché la vérité. Elle s'était donnée à lui tout en gardant secret tout ce qu'elle savait sur son frère, au risque de dissimuler une vérité susceptible de porter atteinte à l'empire Caretti ! Jude lui répondrait probablement qu'il ne s'agissait que de loyauté envers son frère. Son expérience avec les croqueuses de diamants lui avait appris à mettre un nom sur ce genre de dissimulation : c'était une trahison délibérée.

Soudain, la vérité crue s'imposa à lui : elle l'avait laissé tomber, rejetant la nuit qu'ils avaient passée ensemble comme on chassait un insecte importun.

— Je vais peut-être rester un peu, répondit-il, le regard froid. Après tout, il va bien falloir que je me fasse une idée au sujet d'Imogen…

— Je t'ai dit…

— Je sais ce que tu as dit, mais étonnamment, j'ai du mal à croire un seul des mots qui sortent de ta bouche.

— Ce n'est pas juste !

— Non ? Tu n'as aucune idée de ce que c'est que l'honnêteté, n'est-ce pas ?

— Je te l'ai dit ! Je t'ai expliqué pourquoi j'ai fait… ce que j'ai fait.

Cesar savait que la conversation ne menait nulle part. Il savait aussi qu'il se montrait injuste envers elle et il ne comprenait pas pourquoi il n'arrivait pas à laisser tomber. Il n'aurait pas dû venir. Une nouvelle confrontation ne servait à rien, et pourtant, il était monté dans la voiture de son frère et avait conduit jusque chez elle. Toute raison l'avait abandonné.

— Essaye de voir les choses de mon point de vue, répondit-il, glacial. Toi et cette femme êtes amies depuis l'enfance. Ça fausse ta vision.

Il fit tourner son café dans sa tasse, conscient de la pente glissante sur laquelle il s'était engagé. Mais il ne pouvait regarder Jude sans enrager : il la désirait encore, après tout ça. Il ne s'était jamais senti aussi dépossédé de ses moyens et la sensation était extrêmement déplaisante. Jude lui avait jeté un sort et il fallait qu'il se libère de son emprise. Il termina son café d'un trait et se leva pour partir.

Il savait qu'elle le suivrait, et il l'entendit lui emboîter le pas.

— Tu me dis qu'il faut que je te croie, dit-il en se retournant, que cette femme est l'innocence incarnée, dénuée de toute mauvaise intention…

Elle le contemplait d'un air féroce, comme prête à mordre. La partie était serrée. Il reprit :

— Le fait qu'elle ait rencontré mon frère en boîte de nuit, un lieu où son travail consiste à enlever ses vêtements…

— Elle ne se déshabille pas ! Enfin, pas complètement…

— Et alors ? Tu vois très bien ce que je veux dire.

— Je pense que tu devrais partir…

— Je pars, mais pas avant d'avoir fini ce que j'ai à dire.

— Je me disais bien que tu n'étais pas venu parler de la pluie et du beau temps, répondit Jude, amère. Cela n'était pourtant pas si compliqué d'aller voir Freddy et d'être heureux pour lui, non ?

Elle avait été stupide de penser qu'il avait pu, un peu plus tôt au café, lui tamponner le coin des yeux dans un mouvement de tendresse.

— Ne te méprends pas. Je serai fou de joie si je savais que mon frère s'embarquait pour une vie de félicité aux côtés d'une femme qui l'aime pour ce qu'il est, et non pour son compte en banque. Et crois-moi quand je te dis que je serai totalement impartial dans l'appréciation de sa personne…

— Aussi impartial qu'un dictateur, murmura Jude à mi-voix.

— Pense ce que tu voudras, je ne peux m'empêcher de me dire que je suis le jouet d'une sorte de conspiration…

Jude leva les yeux au ciel.

— Une conspiration ? Mais de quoi parles-tu, Cesar ?

— Comment savoir si Imogen et toi n'avez pas organisé la rencontre entre elle et Fernando ? Vous connaissiez son nom, et même sans connaître le montant de sa fortune, il n'est pas difficile de voir qu'il a de l'argent. En soirée, on peut décrypter mon frère à livre ouvert, rien qu'à voir la façon dont il dépense. Il vous aurait fallu quelques secondes à peine sur Internet pour mesurer l'intérêt de se lier à lui…

— Je n'arrive pas à croire que tu me dises cela, Cesar, fit Jude d'une voix blanche.

Il restait implacable cependant, le visage fermé.

— Pourquoi ? Pourquoi n'arrives-tu pas à y croire ?

— Parce que tu devrais savoir que je ne suis pas ce genre de personne. On a déjà parlé de tout cela !

— Effectivement, mais réfléchis-y objectivement… Qu'est-ce que je sais vraiment de toi ? Est-ce que je te connais si bien que ça ?

Jude se sentit défaillir. Est-ce qu'il pensait tout ce qu'il disait ? Après ce qu'ils avaient partagé, comment n'était-il pas convaincu qu'elle était incapable d'une telle horreur ? Elle n'allait pas se justifier. Certainement pas. Et pourtant, l'idée de le voir passer la porte, convaincu du bien-fondé de ses accusations, lui donnait envie de pleurer.

— Si c'est vraiment ce que tu penses de moi, Cesar, alors qu'est-ce que je peux dire ?

Ce n'était pas ce qu'il voulait entendre. A la vérité, il ne savait pas ce qu'il voulait entendre.

— Juste… Je ne vois pas bien ce que tu pourrais me dire…

— Tu accordes une telle importance à l'argent ! Tu n'arrives pas à comprendre qu'en définitive, tout cela ne compte pas vraiment. Bien sûr, ça te permet de t'entourer d'hélicoptères privés et de voitures de collection, mais toutes ces choses n'ont aucune réelle valeur, Cesar.

— Tu t'en tiens toujours au discours désintéressé, Jude ? J'aurais pu te croire au début, mais à la lumière des récents événements, tu m'excuseras si j'ai un peu de mal à le faire.

— Pourquoi devrais-je t'excuser ? Tu penses le pire de moi. Tu crois que tout ce que je fais est motivé par l'argent.

— Tout le monde a un prix.

— Comment peut-on dire une chose pareille ?

— Vraiment ? Et moi qui pensais être simplement pragmatique.

Il la regarda, un sourire froid sur les lèvres et reprit :

— Quel dommage…

— Quoi donc ?

— Que tu ne sois pas d'accord. Parce que si tout le monde a un prix, certains sont prêts à payer le prix fort pour avoir ce qu'ils veulent, et tu sais que je suis habitué à avoir ce que je veux. Je peux être un amant généreux. C'était bon entre nous, non ?

Il s'approcha d'elle et passa la paume de sa main sur sa joue.

Jude s'immobilisa. L'espace d'un instant, elle ne sentit que sa peau contre la sienne et ce fut merveilleux, rappel amer qu'elle avait vendu son âme au diable… Elle aurait voulu lui prendre le bras, l'entraîner vers son lit…

Elle se dégagea pourtant, le souffle court, et vint saisir la poignée de la porte, ouvrant à la volée, tremblante.

— Combien de temps comptes-tu rester ? demanda-t-elle une dernière fois.

— Pourquoi, tu veux prendre des mesures d'éloignement à mon encontre ?

— Ce serait justifié, non ?

Cesar haussa les épaules.

— J'imagine que oui, de ton point de vue…

Il avait dit ce qu'il était venu dire. Et plus encore.

Peut-être même était-il allé trop loin. Il avait un goût amer dans la bouche.

— Simplement…

Elle avait levé les yeux vers lui, le regard clair et droit, malgré le trouble évident qu'il avait provoqué en elle. Elle murmura :

— Ne laisse pas ton opinion de moi obscurcir le jugement que tu porteras sur Imogen. Ou ta décision pour l'argent du club.

— On se bat encore, alors ? Brave petit soldat, mais la cause est indigne de tant de dévouement…

— J'espère encore qu'il y a une part de toi que je peux atteindre, rétorqua Jude, et qui ne soit pas sali par l'argent.

Cesar se sentit rougir de colère. Il n'aimait pas le portrait que Jude avait peint de lui, cependant, il pouvait difficilement lui en vouloir. Mieux valait ne pas s'attarder là-dessus. Un petit hochement de tête en guise de salut, il sortit dans la rue et rejoignit la voiture que lui prêtait son frère.

Depuis le porche, Jude regarda Cesar faire demi-tour et s'éloigner. Il n'avait pas mis dix secondes à manœuvrer, comme s'il tenait à filer le plus vite possible.

En fermant la porte, Jude se sentait vidée. La journée avait mal commencé, avec l'appel de Freddy, et les choses n'avaient fait qu'empirer, dès l'apparition de Cesar. Elle était secouée. Il lui fallait un bon bain chaud, mais que faire, une fois dans l'eau mousseuse ? Regarder le plafond et penser à lui ? Réfléchir à ce qu'il avait dit ? Il ne pouvait réellement penser toutes les horreurs qu'il avait proférées ce soir.

Il rencontrerait Imogen et finirait bien par comprendre qu'il avait eu tort. Il s'était emporté, et c'était certainement une réaction à l'incroyable nouvelle que Jude lui avait apprise. Mais il s'était fâché contre elle, aussi, et cela faisait mal parce que si elle ne devait jamais le revoir, il l'aurait quittée sur une impression fausse.

Les jours prochains, Cesar ne ferait plus partie de son quotidien, n'aurait aucun rôle à jouer dans sa vie. Il avait été cruel, aveugle et froid et si Jude essayait de se concentrer sur ce qui restait de bon en lui, le seul souvenir qui gardait toute sa force était l'empreinte de sa peau contre la sienne.

7.

Une dizaine de jours plus tard, Imogen et le bébé sortaient de l'hôpital. La petite Maria prenait déjà du poids et Freddy, quand il ne s'épanchait pas sur la beauté de sa fille, menait à bien le projet du club de jazz, travaillant d'arrache-pied, aidé par l'argent que Cesar y avait injecté.

— Il me surveille, avait confié Freddy à Jude. Et je ne peux pas lui en vouloir, après tout, j'ai passé la plus grande partie de ma vie d'adulte à dépenser mon argent à tort et à travers, alors il va faire un peu attention.

Quels que soient les sentiments de Jude à l'égard de Cesar, elle était très heureuse pour Freddy. Pour une raison inconnue, Cesar avait lâché du lest vis-à-vis de son frère. Il le laissait gérer l'ouverture de son club. Et cela faisait un bien fou à Freddy.

Aujourd'hui, c'était le grand jour. Plus tôt qu'on ne l'aurait attendu, mais c'était arrivé. Un simple passage au bureau d'enregistrement des mariages était prévu, à Londres, suivi d'un cocktail élégant dans un restaurant de grand standing, privatisé pour l'occasion. Imogen avait dit à Jude qu'ils attendraient quelques mois pour la lune de miel, le temps de s'assurer que tout allait bien pour le bébé, mais radieuse comme elle était avec sa fille dans les bras, cela ne semblait pas l'ennuyer le moins du monde. Elle ne portait pas non plus de jugement sur son futur beau-frère. Il était charmant, selon elle, et elle n'arrivait pas à comprendre pourquoi on faisait tant d'histoires à son propos.

Jude avait dû se retenir de faire remarquer que les requins n'attaquaient pas tout le temps, mais que lorsqu'ils le faisaient, leur blessure était mortelle. Elle savait de quoi elle parlait.

Tout est bien qui finit bien. La famille était réunie et tout le monde sortait gagnant de l'affaire. Tout le monde sauf elle, bien sûr.

Jude contempla son reflet dans le miroir. Elle ressemblait à quelqu'un qui sort d'une mauvaise grippe, les yeux cernés, les joues creuses, une expression perdue sur le visage.

Dans moins de deux heures, elle se tiendrait devant l'élu qui officierait au mariage, et elle reverrait Cesar, pour la première fois depuis trois semaines. Elle avait choisi sa tenue avec soin. C'était une robe de soie couleur jade, qui descendait jusqu'aux genoux et sculptait son corps. Un achat raisonnable, finalement. Elle y avait même ajouté un manteau plutôt chic, un achat qui l'avait étonnée elle-même. Alors que son taxi arrivait, elle s'était dit qu'elle avait besoin de courage pour affronter Cesar, et qu'une belle apparence renforcerait son moral. Elle ne pouvait espérer se perdre dans la foule. Elle devait le rencontrer, et lui parler. Devant le petit objet de plastique posé sur la table de chevet, elle ressentit le même frisson de peur qui l'avait glacée lorsqu'elle l'avait acheté.

L'idée d'une grossesse ne l'avait jamais traversée. Elle ne savait pas exactement quand elle s'était rendu compte qu'elle avait du retard, mais en avait attribué la cause au stress qui affectait souvent son corps.

Elle y croyait encore lorsqu'elle avait vu se former le signe positif, ces deux petites lignes bleues en croix qui lui révélaient que sa vie venait de basculer. Depuis lors, Jude vivait dans l'inquiétude.

Elle s'était souvenue de la dernière conversation qu'elle avait eue avec Cesar, lorsqu'il l'avait accusée de conspirer avec Imogen pour piéger Freddy et profiter de son argent. Elle s'était répété que sa réaction excessive était à mettre sur le compte de sa déception vis-à-vis d'elle, ou de l'atmosphère tendue du moment. Enfin, s'il avait réagi comme cela, que se passerait-il quand elle lui dirait qu'elle était enceinte ?

Lorsqu'ils avaient fait l'amour, elle lui avait dit qu'elle se protégeait, sans prendre le temps d'expliquer qu'elle faisait simplement confiance à un calcul qui la mettait d'ordinaire à l'abri quelques jours dans le mois. Il avait dû penser qu'elle prenait la pilule, même si elle lui avait dit qu'elle n'avait eu aucun rapport depuis longtemps.

Cesar ne cherchait pas à s'engager, ce qui excluait de manière assez nette une grossesse non désirée. Lorsqu'on en venait à ses rapports avec les femmes, Cesar n'attendait rien de plus que du sexe.

Le taxi prit un temps infini à arriver, coincé dans les bouchons des abords de la ville, lui laissant le temps d'imaginer les pires scénarios. Elle regrettait presque de ne pas avoir simplement pris rendez-vous avec lui, dans son bureau, ou de ne pas l'avoir prévenu d'un simple appel. Jude avait choisi le jour du mariage pour lui parler car elle savait qu'il serait forcé d'y être, et de lui répondre. Ils trouveraient un endroit tranquille, lorsque la fête serait finie. Même si aucun endroit n'était approprié pour ce genre de nouvelles…

Le mariage ayant lieu en petit comité, seules vingt-cinq personnes avaient reçu leur carton d'invitation. Quelques cousins d'Espagne, la famille proche, et les meilleurs amis. Imogen et Freddy pensaient rendre visite au reste de la famille lorsque Maria serait un peu plus grande et pourrait voyager sans problème.

Le taxi se gara enfin devant le bâtiment où devait se tenir la cérémonie. Jude prit une grande inspiration avant de monter les quelques marches qui menaient à l'entrée. Elle aperçut Cesar qui faisait la conversation à Imogen sur le pas de la grande porte, mais à part un rapide regard dans sa direction, il retourna très vite à ses affaires. Il avait fait la paix avec son frère et accepté Imogen, mais elle ne décelait aucun signe d'apaisement entre eux deux.

Elle rejoignit Imogen en souriant à la petite Maria qui babillait dans ses bras.

— Je viens à peine de la nourrir, lui confia Imogen. Mais elle a encore faim… Elle mange comme… comme Freddy !

Imogen eut un petit rire avant de reporter son attention sur Jude.

— Est-ce que tu es sûre que tout va bien ? Tu as l'air un peu fatiguée, Jude.

— Je travaille dur, répondit-elle avec un petit sourire. Tu sais comment c'est…

Elle n'avait pas soufflé un mot de ce qui s'était passé entre elle et Cesar. Heureusement, Imogen n'avait pas eu le temps de poser beaucoup de questions.

— Il va falloir que nous sortions toi et moi, lança Imogen. Le temps que les choses se calment un peu de mon côté. C'est fou comme une toute petite chose de quatre kilos peut bouleverser vos habitudes ! En ce moment, je me fais l'effet d'un zombie.

Pendant l'heure qui suivit, elle se concentra sur la cérémonie qui fut courte mais pleine d'émotion. Les nouveaux mariés étaient radieux. Même un cynique comme Cesar pouvait comprendre qu'il s'agissait là d'un véritable amour.

Ceci dit, Jude n'allait pas tenter de vérifier par elle-même ce qu'il pouvait bien ressentir. Elle garda les yeux fixés sur les mariés, mais quand ils allèrent signer le registre des témoins, elle sentit le regard de Cesar dans son dos. Elle n'était pas sûre du moment où elle pourrait le prendre à part et lâchement, retardait leur confrontation le plus possible.

Au restaurant, une fois le cocktail lancé, elle s'aperçut que ses yeux dérivaient vers Cesar, et qu'elle le trouvait insupportablement beau… Il prononça quelques mots en l'honneur des mariés à l'heure des toasts, sans jamais évoquer la méfiance qu'il ressentait vis-à-vis d'Imogen, ni son passé peu glorieux. Il était bon acteur, pensa Jude avec une moue dégoûtée. Il charmait la petite assemblée de la même manière qu'il l'avait charmée elle, brisant la carapace qu'elle avait réussi à se construire pour s'y tenir au chaud, à l'écart de tout sentiment. La carapace de Cesar, elle, était en acier trempé.

Il était presque 17 heures lorsque les dernières assiettes disparurent des tables. Elle n'avait pas adressé plus de quelques mots à Cesar, mais lorsqu'il regarda sa montre, signe qu'il allait bientôt se lever, elle posa la main sur son bras.

Il la fixa, surpris, mit son manteau et sortit.

Elle passa avec appréhension la langue sur ses lèvres sèches et le suivit hors du restaurant.

— Cesar… Comment vas-tu ?

— Comme tu peux le voir, on ne peut mieux. Tu voulais quelque chose ?

— Tu n'es pas encore fâché contre moi, si ?

— Pourquoi donc le serais-je ?

Ses yeux sombres la rencontrèrent et il lâcha :

— Tu te surestimes, Jude.

Bien sûr, il s'était attendu à la voir, mais le moment n'en était pas plus facile pour autant. Elle avait l'air fragile, plus que dans son souvenir, ce qui lui fit penser à la vulnérabilité qu'elle avait montrée dans ses bras. Il ne voulait pas penser à cela et il se força à se concentrer sur ce qu'elle lui avait caché. Ce visage honnête et sans malice l'avait trompé, mais Cesar était un homme qui apprenait de ses erreurs. Il la toisa d'un regard glacial.

— Je… Cesar, je… Il faut qu'on parle.

— Vraiment ?

Il regarda sa montre une nouvelle fois, comme pour montrer qu'il avait bien plus important sur son agenda.

Il ne passait évidemment pas ses samedis soirs seuls, songea Jude, au désespoir. L'image d'une autre femme dans ses bras était plus qu'elle n'en pouvait supporter.

— Je sais que tu as sans doute… mieux à faire, commença-t-elle alors qu'il faisait signe à son chauffeur, garé non loin de là.

Cesar se préparait en fait à manger seul, au restaurant italien proche de chez lui avant de passer la soirée devant son ordinateur, à répondre aux e-mails et à lire des rapports. Son chauffeur arrêta la voiture devant eux, mais au lieu d'y monter, Cesar s'y adossa.

— En ce qui me concerne, je crois que nous nous sommes dit tout ce qu'il y avait à se dire.

— Pas vraiment.

— Non ?

La voiture allait devoir partir, pour ne pas gêner les autres invités. Mais il restait immobile, contemplant Jude.

— Peut-être pourrions-nous aller boire un café quelque part ? proposa-t-elle en repensant aux deux tasses qu'elle avait déjà prises avant de partir.

La caféine était mauvaise pour le bébé, elle le savait.

— Donne-moi une seule raison d'accepter ?

Jude posa sa main sur la portière de la voiture.

— Parce que je veux te parler, et parce que tu me dois au moins ça.

Cesar eut un rire incrédule.

— Tu peux répéter ?

— Tu auras beau faire de ton mieux pour me rayer de ta vie, nous devrons nous revoir de temps à autre, et il faudra bien parvenir à des relations apaisées. On ne peut pas continuer à s'ignorer. Freddy et Imogen vont se poser des questions, sinon.

C'était la seule chose qu'elle avait pensé à dire sur le moment, incapable de lui révéler toute la vérité d'un coup, sur le trottoir du restaurant.

— Alors monte, lança Cesar avec impatience. On est en train de créer un bouchon.

Elle se pencha pour entrer dans la Bentley et se décala pour qu'il puisse la rejoindre sur la banquette arrière. Jude n'arrivait pas à savoir s'il l'avait fait monter parce qu'elle avait réussi à le convaincre ou parce qu'il en avait assez d'attendre à côté de la voiture.

— Je… J'ai vu que vous vous étiez réconciliés, toi et Freddy, commença-t-elle avec hésitation.

— On ne m'a pas vraiment laissé le choix.

Cesar se pencha vers son chauffeur et lui donna le nom d'un célèbre café, avant de se retourner vers elle.

— Mis devant le fait accompli, je pouvais soit priver Fernando de son investissement et de la chance de faire ses preuves, soit lui donner l'indépendance qu'il voulait.

Il haussa les épaules avec un demi-sourire.

— S'il a été assez adulte pour mettre une femme enceinte, et de manière préméditée à ce que j'ai cru comprendre, alors il faudra bien qu'il soit assez adulte pour gérer ses finances et élever une famille.

Tout se passait entre eux de façon très civilisée, mais les yeux de Cesar restaient froids.

— Et… A propos d'Imogen ? Est-ce que tu as revu ton opinion ?

— C'est tout ce dont tu voulais me parler ?

Jude détourna le regard avec difficulté. Sa proximité, l'intimé qu'ils partageaient sur la banquette arrière de cette voiture, tout cela l'affectait comme une drogue.

— Je pensais que tu serais moins généreux.

Cesar se haïssait de l'admettre, mais c'était aussi ce qu'il avait pensé. Il avait vu son frère pétri d'inquiétude à l'hôpital, puis son regard lorsque, plus tard, il était auprès de sa femme et Cesar avait compris que certaines choses n'étaient pas aussi limpides qu'elles paraissaient. De plus, même dans sa condition, Imogen avait réussi à lui parler seule et à insister pour signer un contrat de mariage fondé sur la séparation des biens. Elle avait aussi, à sa grande surprise, calculé la part du fonds qu'il faudrait à Freddy pour mener son projet à bien, et leurs résultats coïncidaient.

— Je compte suivre son projet de très près, répondit-il simplement. Au moins jusqu'à ce que le club commence à tourner.

— Freddy dit que tu ne connais pas grand-chose à la manière de gérer un club, lança-t-elle avec un petit sourire.

Cesar ne put qu'acquiescer.

— C'est vrai. Fernando a trouvé le seul terrain d'expertise où je ne sois pas à mon aise. Je suis sûr que ça l'a ravi.

— Qui peut lui en vouloir ? Ça ne doit pas être facile de vivre dans ton ombre.

— Je prendrai ça comme un compliment.

— C'en est un, confirma Jude. Je ne pensais pas t'entendre un jour révéler ton ignorance sur un sujet, ce qui veut probablement dire que tu es plus complexe encore que je ne le pensais…

— Pardon ?

La voiture se gara devant un café, épargnant à Jude le besoin de s'expliquer sur sa dernière phrase. Ses nerfs recommençaient à la travailler, mais elle se forçait à garder son calme. Cesar était un habitué des lieux et on les plaça à la meilleure table, à l'écart de la salle, là où le murmure diffus des clients ne gênait pas.

— Les gâteaux sont délicieux ici, déclara Cesar en lui tendant la carte.

— Je suis incapable d'avaler la moindre bouchée.

— Vraiment ? Je ne t'ai pas vue grignoter quoi que ce soit la réception.

Il l'avait donc épiée ?

— Je pense que je prendrai juste un… un jus d'orange.

Elle referma le menu et garda les yeux fixés sur la couverture, en quête d'inspiration.

Après avoir commandé un café et une fois qu'ils furent servis, Cesar se cala au fond de sa chaise et la regarda.

— Alors ? Est-ce qu'on va réussir à se comporter comme des adultes civilisés ?

— Pensais-tu ce que tu disais, quand tu m'as soupçonnée d'avoir comploté avec Imogen pour mettre la main sur le fonds de Freddy ?

— C'est de cela que tu voulais me parler, Jude ? Tu voulais laver ton honneur ?

— Entre autres, murmura-t-elle.

— Quoi d'autre ? insista Cesar.

— Pourquoi ne réponds-tu pas à ma question ?

Cesar l'étudia. Elle avait raison lorsqu'elle parlait d'adopter un meilleur comportement l'un envers l'autre. Ils allaient être amenés à se revoir, quoi qu'il arrive. Au baptême de la petite, pour commencer. Il fallait arrêter les hostilités.

— Je confesse avoir peut-être dit une ou deux choses qui dépassaient ma pensée.

— Une ou deux choses ?

— Tu y as beaucoup réfléchi ? demanda-t-il, détaché.

Il pensait à elle, perdant le sommeil à se repasser leur conversation en boucle, désespéré dans l'attente de son appel.

— Je n'aimais simplement pas le fait que tu sois parti avec une dernière impression de moi si fausse.

Il fallait qu'elle le lui dise. Qu'elle lui parle de la grossesse. Mais elle faisait durer l'attente, incapable de se décider.

— Très bien, j'ai appris à connaître ton amie et je mentirais si je disais pouvoir vous imaginer en train d'élaborer un plan. Satisfaite ? Je n'ai pas l'habitude d'avoir tort, mais concernant ce que j'ai dit, il est possible que je me sois emporté. N'oublie pas ton rôle dans ce qu'on m'a caché.

— C'était l'idée de Freddy, nota-t-elle en jouant avec son verre.

— Freddy avait une bonne raison.

— Moi aussi. J'étais loyale.

— Nous étions amants. Ta loyauté aurait dû me revenir.

— Quoi d'autre ?

Cesar leva les yeux, surpris.

— Comment ça, quoi d'autre ?

— Tu as parlé d'une ou deux choses qui avaient dépassé le fond de ta pensée. Quelle est l'autre chose ?

Il prit le temps de finir son café.

— J'étais furieux que tu m'aies trahi. Je le suis toujours. Mais quoi qu'il en soit, j'ai compris que tu n'étais pas une croqueuse de diamants. J'en suis certain, maintenant. Et ayant appris à te connaître, je ne pense pas que tu sois capable d'avoir ce genre d'idées. Voilà. Considère ça comme un terreau favorable à une relation cordiale et polie, dans le futur.

— Une relation polie…

— Absolument. Pourquoi ? Tu t'attendais à plus ?

Un feu roulait dans ses veines, lui faisant apprécier cette rencontre inattendue. Il aimait la compagnie de Jude, plus qu'il n'aurait voulu l'admettre. Mais il n'allait pas la laisser reprendre une place dans sa vie. Il lui avait offert une chance de s'impliquer et elle l'avait gâchée. Elle l'avait trahi. Il était d'ailleurs assez gratifiant de savoir qu'elle était prête à revenir vers lui. Une image lui traversa l'esprit : son petit frère et Imogen coupant leur gâteau de mariage, se souriant l'un à l'autre. Il la regardait tendrement, et la mariée lui rendait son regard.

— Non. Pourquoi en voudrais-je plus ?

Elle semblait embarrassée.

— Je ne sais pas. Sache qu'il n'y a rien d'autre.

Il leva la main pour demander l'addition. Elle le regarda, et il crut voir passer une ombre d'angoisse sur son visage.

— Ecoute. C'est difficile à dire, mais il faut que tu saches quelque chose.

Cesar se raidit, inquiet de l'urgence dans sa voix. Les doigts de Jude jouaient nerveusement avec la nappe et elle arrêta à l'instant où il le remarqua.

— Quoi ? Je n'ai pas toute ma soirée.

— Je sais.

Cesar avait probablement rendez-vous avec une blonde tout en jambes dans un hôtel de luxe.

— Est-ce que tu te souviens, au cottage ? Quand… Nous avons fait l'amour ?

Pris par surprise, Cesar fronça les sourcils.

— Bien sûr que je m'en souviens. Je croyais qu'on devait faire comme si ça n'était jamais arrivé.

— C'est ce que j'ai dit à l'époque, c'est sûr…

— Est-ce que tu as compris depuis que la mémoire est moins sélective que tu le souhaites ?

— Dans ce cas précis, il m'est impossible d'oublier.

— Donc, tu ne veux rien d'autre que des conversations légères en famille à l'avenir, mais tu n'arrives pas à m'oublier, c'est ça ? J'ai un peu de mal à suivre…

— C'est assez compliqué… Je ne sais vraiment comment te le dire, mais… je suis enceinte.

Cesar s'immobilisa. Le silence entre eux était à couper au couteau.

— Tu plaisantes ? finit-il par articuler, la voix rauque.

— Je ne plaisanterais jamais avec ce genre de choses.

— Est-ce que tu es sûre de toi ?

— J'ai acheté un test il y a deux jours. Enfin j'en ai acheté trois. Fiables à 100%…

— C'est impossible. Chez toi… Tu as dit que tu te protégeais.

— Je sais. Du moins est-ce ce que je croyais. J'avais calculé la date de mes règles et je pensais vraiment…

Cesar était en état de choc. Lorsqu'elle lui avait dit qu'elle avait besoin de parler, il ne savait pas à quoi s'attendre. Etait-ce pour cela qu'elle avait à tout prix voulu savoir s'il la prenait pour une croqueuse de diamants ?

— Etait-ce délibéré ?

Il avait fallu qu'il demande puisque rien ne devait être pris pour argent comptant, mais il sut la réponse en levant les yeux vers son visage.

— Bien sûr que non ! lança-t-elle, indignée. Tu ne crois pas que j'étais aussi choquée que toi en l'apprenant ?

Elle essuya rageusement ses yeux mouillés de larmes et serra les poings.

— Très bien. Je te crois.

Jude sentit une vague de soulagement la submerger. De tous les scénarios qu'elle avait envisagés, beaucoup impliquaient Cesar refusant de la croire et la traitant de manipulatrice. La réalité était tout aussi problématique, néanmoins : Cesar et elle n'étaient plus intimes. Il s'était servi d'elle comme un jouet. Maintenant qu'elle était enceinte, rien n'allait changer entre eux, et il faudrait pourtant réussir à trouver un arrangement pour faire face à la situation.

Lorsqu'elle rêvait d'avenir, dans sa jeunesse, l'homme qui lui faisait un enfant était toujours profondément amoureux d'elle. Mais la réalité, encore une fois, était différente des rêves. Aujourd'hui, il fallait l'affronter.

— Je ne suis pas venue ici pour te demander quoi que ce soit, dit-elle calmement. Je suis quelqu'un de pragmatique.

Elle lui sourit et reprit :

— Il y a eu quelques étincelles entre nous, mais rien de très concret, alors… Il va falloir qu'on parle de ce qui se passera à la naissance du bébé.

— Comment ça, ce qu'il se passera ?

— Les… les visites, les gardes alternées… Je sais que

c'est tôt, mais il faut bien en discuter… C'est compliqué, mais…

— Compliqué ? C'est le moins qu'on puisse dire.

— Enfin, je devrais peut-être te laisser quelques jours de réflexion, le temps que tu réalises…

— Réaliser ? Jude, j'ai très bien compris.

Il se passa nerveusement la main dans les cheveux et la regarda. Elle portait *son* enfant. Il n'avait jamais vraiment pensé à fonder une famille, peu compatible avec son mode de vie.

— Rien ne va changer pour toi, l'assura Jude, c'est ma faute…

— Mais sur quelle planète vis-tu, Jude ? Que ça te plaise ou non, je suis responsable à 50 %.

— Mais c'est moi qui n'ai pas fait assez attention.

— Cela ne sert à rien de chercher un coupable. Partons et poursuivons cette conversation dans un endroit plus tranquille.

Il se leva et attrapa la note.

— Mon appartement est au coin de la rue.

8.

Ils marchaient en silence. Jude aurait voulu disparaître dans son manteau. Cesar semblait perdu dans ses pensées. Elle songea un instant à son rendez-vous raté. La pauvre blonde devait attendre à la table d'un restaurant chic, à regarder sa montre et à se désespérer. Jude n'était pas désolée pour elle.

— Nous y sommes.

Elle leva les yeux vers l'impressionnante bâtisse victorienne. Des voitures de luxe étaient garées de chaque côté de la rue, et même dans l'obscurité on devinait que l'on était dans l'un des quartiers les plus huppés de Londres. A l'intérieur, le hall d'entrée était imposant, tout en dorures et colonnes. Elle suivit Cesar jusqu'à l'ascenseur, et ils parvinrent à son appartement qui occupait les deux derniers étages de la demeure. En sortant derrière lui, Jude regarda autour d'elle, oubliant un instant le motif de leur venue.

Les planchers étaient d'une couleur blond pâle. Elle apercevait une cuisine ouverte immense et plusieurs autres pièces qui invitaient à la curiosité. Les chambres et salles de bains devaient être à l'étage, en haut de l'escalier en colimaçon. Le lieu était incroyablement propre et bien rangé, et aurait pu faire la couverture d'un magazine de décoration. Et plusieurs œuvres de peinture moderne ornaient les murs.

— Bel endroit, observa-t-elle poliment.

Il la mena vers le salon : deux canapés en cuir couleur crème les attendaient, sur lesquels elle hésita à s'asseoir.

— Ils ne vont pas te mordre, lâcha Cesar en y prenant place pour l'inviter à faire de même.

L'air frais de la nuit l'avait aidé à se remettre du choc initial. Il ne voulait pas penser à l'avenir et aux changements qui s'imposeraient bientôt, mais se concentrer sur le sujet principal : il allait être père.

— Je vais me faire un café, reprit-il. Tu en veux un ?

— Non merci, je crois que j'en ai bu assez pour une semaine.

Elle le regarda se déplacer jusqu'à la machine et revenir bientôt, une tasse fumante entre ses mains.

Si elle n'avait pas encore bien saisi à quel point elle allait perturber sa vie, contempler son appartement lui en faisait saisir la pleine mesure. L'endroit était à l'image de Cesar : parfaitement ordonné, or le désordre accompagnait toujours la venue d'un nouveau-né…

— Je suis désolée. Je ne veux pas déranger ta vie, tu sais. Non, laisse-moi finir…

Il allait parler, mais se ravisa.

— Je peux m'occuper de cet enfant seule, poursuivit Jude, et tu pourras venir le voir quand tu le voudras, ou quand tu en auras le temps…

— Venir le voir quand j'aurai le temps ? On parle d'un enfant, Jude ! *Mon* enfant.

Il prit une gorgée de café et jeta sur elle un regard furibond avant de reprendre :

— Crois-moi, mes droits parentaux iront bien au-delà d'une visite occasionnelle. Pour commencer, il va falloir parler d'argent. Peut-être que tu peux te débrouiller seule, mais jamais je ne laisserais mon enfant souffrir d'un manque de moyens. Ton avenir et celui de l'enfant seront assurés, je t'en donne ma parole.

Il laissa passer plusieurs secondes, et elle finit par dire :

— Un manque de moyens ? Cesar, j'ai un travail.

Je sais que tu ne considères pas mon salaire comme suffisant, mais tu n'as pas la même vision que tout le monde sur le sujet… Ce n'est pas ça, la vie, conclut-elle en désignant leur environnement.

Autour d'elle, les tableaux coûtaient plusieurs années de salaire chacun.

— Je suis d'accord, mais c'est la mienne, et c'est une vie dont profitera mon fils.

— Qu'est-ce que tu essayes de me dire ?

Il y avait quelque chose à laquelle elle n'avait pas pensé. Qu'arriverait-il s'il décidait de lui prendre l'enfant ? S'il se battait pour en obtenir la garde ?

— Tu ne me prendras pas mon enfant, finit-elle par articuler, prête à se battre s'il le fallait.

— Bien sûr que non, jamais je ne ferais une chose pareille ! s'exclama Cesar, choqué. Pour quel genre d'homme me prends-tu ? Cet enfant aura besoin de sa mère et de son père ! C'est de ça que je veux te parler.

Jude hocha la tête, soulagée.

— Alors voilà : je suis prêt à m'engager pour votre sécurité financière, mais cet enfant aura besoin de plus que cela. Tu l'as dit des dizaines de fois, il ne s'agit pas que d'argent…

— Bien sûr que non.

— Avoir ses deux parents avec soi est primordial. Je ne m'imagine pas du tout allant te voir dans le Kent chaque semaine pour passer trois malheureuses heures avec mon enfant. Je compte être là. Ici. Avec toi. Et notre enfant. Nous allons vivre ensemble. Mariés.

Il fallut quelques secondes à Jude pour digérer l'information.

— Tu… Tu es en train de me dire que tu veux te marier ? Avec moi ?

Elle laissa échapper un rire incrédule.

— C'est la chose la plus ridicule que j'aie jamais entendue.

Cesar se raidit.

— Je ne laisserai pas mon fils naître hors des liens du mariage.

— *Hors des liens du…* ? Cesar, nous sommes au XXIe siècle ! Grossesse et mariage ne vont pas nécessairement de pair. Et puis, c'est un peu hypocrite de dire ça alors que tu as accepté la situation de ton frère.

— On s'éloigne du sujet.

Cesar se leva et commença à faire les cent pas avant de s'arrêter devant elle et de s'asseoir sur le sofa, à ses côtés.

— J'imagine que tu es d'accord avec moi sur le fait qu'il vaut mieux être deux plutôt qu'un, pour élever un enfant.

— Oui, dans un monde idéal, Cesar, mais ce n'est pas ce qui se vit au quotidien.

Dans un monde idéal, rien n'aurait fait plus plaisir à Jude que d'entendre Cesar la demander en mariage…

— Pourquoi veux-tu m'épouser ? reprit-elle.

— Ça n'est pas évident ?

Il fronça les sourcils. Cesar tentait de faire ce qui semblait juste et honorable, et elle lui avait ri au nez.

— Cesar, tu ne peux pas m'épouser seulement pour donner ton nom à notre enfant et penser que tout ira bien. On se connaît à peine ! Serais-tu assis à côté de moi, ce soir, si rien de tout cela n'était arrivé ?

— Je ne vois pas le rapport.

— Moi, si ! Est-ce que tu avais déjà pensé à te remarier ? A fonder une famille ? Je sais que non !

— Les choses ont changé. Je n'ai jamais eu à réfléchir en ces termes, auparavant.

— Tu n'as pas à me passer la bague au doigt parce que les choses ont changé, Cesar.

Jude se rendait folle, à devoir prêcher le contraire de ce que désirait son cœur. Elle aimait Cesar et rien ne lui aurait fait plus plaisir que de se réveiller à ses côtés chaque matin. Il fallait du temps pour construire une relation, peut-être pourrait-il trouver le bonheur avec elle, au fil du temps ? Mais si cela échouait ?

Cesar était épris de liberté. Combien de temps faudrait-il avant qu'il ne se sente emprisonné à ses côtés ?

— Je sais que tu penses faire ce qui est juste, murmura-t-elle, le cœur en lambeaux, mais je dois te répondre non.

— Ce n'est pas simplement l'enfant, répondit-il d'une voix rauque. Je te veux, toi, Jude…

— Et si moi, je ne te veux pas ?

— Est-ce que tu en es sûre ?

Il fit passer ses doigts dans sa chevelure et l'attira à lui, déchaînant toute la passion qu'elle avait contenue trop longtemps en elle. Tremblante, Jude écrasa ses lèvres contre les siennes. Cesar la prit dans ses bras et la souleva de terre pour l'emporter jusqu'à la chambre. Il l'allongea sur le lit et alors qu'elle essayait de se relever, elle le vit enlever ses vêtements devant elle. Sa bouche s'assécha.

Il la désirait, et elle en avait la preuve concrète. Même si cela n'avait rien à voir avec de l'amour, c'était si puissant qu'elle laissa échapper un gémissement étouffé. Il lui retira sa robe et ses bas à la hâte, les jetant par terre à côté de ses propres vêtements. Après avoir passé ses doigts sur le tissu de son soutien-gorge, il l'en débarrassa et vint taquiner un téton de son pouce, appréciant de voir se dresser le petit bout rose sous ses caresses. Elle sentait une chaleur dévorante envahir ses cuisses et sa féminité. Lentement, il baissa la tête et commença à semer des baisers le long de son ventre, puis plus bas, écartant ses jambes pour la rendre folle de désir sous l'effet de sa langue. Jude se cambrait, incapable de contrôler son corps. Il l'avait à sa merci. C'était ce qui l'avait hantée chaque nuit, la rendant folle… Sa langue contre son corps, la sensation de ses mains plaquées sur ses fesses, possessives, réclamant leur dû.

Elle s'entendit crier son nom lorsqu'il la pénétra lentement, sûr de lui, avant d'accélérer ses poussées, la plaquant à chaque fois un peu plus contre son bassin. Quand la vague la submergea, elle avait déjà perdu toute volonté. Lorsqu'elle recouvra ses esprits, ce fut comme retrouver le port après la tempête.

— On va bien ensemble, murmura Cesar en s'allongeant à côté d'elle. Tu as beau refuser de m'épouser, sache que la passion est la base d'un mariage solide, or nous sommes tous deux dévorés par cette passion, Jude.

— Je le sais… Mais ça ne veut pas dire que je vais t'épouser pour les mauvaises raisons, conclut-elle.

Alors qu'elle allait se lever, il la força à se retourner pour lui faire face.

— On ne va pas rejouer ce jeu stupide. Prétendre que rien n'est arrivé, comme la dernière fois. Il va falloir que tu admettes que nous aimons faire l'amour ensemble.

— Je n'ai jamais dit le contraire ! Je dis juste que c'est une erreur de nous marier !

— Vraiment ? Ce n'est pas ce que ton corps disait quand je le touchais, Jude.

— Ce n'est pas assez, Cesar. Il faut que je m'en aille. Je t'ai dit ce que j'avais à te dire, il n'y a pas de raison de se revoir avant que les choses ne deviennent plus… sérieuses.

Jude se leva rapidement et fouilla le tas de vêtements à la recherche des siens, honteuse d'être aussi exposée face à lui. Elle lui jeta un regard en biais et vit qu'il la regardait.

— Tu as besoin que quelqu'un s'occupe de toi, Jude.

— Je suis enceinte, pas mourante !

— Et habiter en pleine campagne serait assez difficile pour moi.

— Ce n'est pas une situation simple, je te l'accorde.

Enfin rhabillée, elle alla ramasser ses chaussures, tandis qu'il enfilait son pantalon à la hâte. Qu'elle était loin, la douce stabilité de son mariage avec Marisol !

— Tu ne peux pas repartir seule, Jude.

— Je fais ce que je veux !

— Je ne compte pas m'effacer du tableau jusqu'à ce que tu décides qu'il est temps de me rappeler !

— Je ne te demande pas de disparaître, Cesar, mais dans les prochains mois, cette grossesse sera devenue de la routine pour moi. Il n'y a pas de quoi s'inquiéter.

— Il va falloir que je prévienne ma famille, y compris la branche espagnole, très à cheval sur les principes... Qu'est-ce que je suis supposé leur dire ? Que je vais avoir un enfant, mais que la mère ne veut pas entendre parler de moi ?

— Alors c'est de cela que tu t'inquiètes ? Des convenances ? De ne surtout pas sortir des sentiers battus ?

— Il n'y a rien de mal à suivre les sentiers battus !

Cesar était furieux. Jude n'aurait jamais à se préoccuper de questions d'argent, pourrait se consacrer entièrement à son enfant : combien d'hommes auraient réagi comme lui face à une grossesse surprise ? Il proposait le mariage et avait trouvé une solution à leur problème en un rien de temps, mais cela ne semblait pas la satisfaire. De son point de vue, vivre ensemble était de la pure folie.

— Où loges-tu ?

Il avait enfilé ses chaussures sans même mettre ses chaussettes, pour ne pas perdre de temps alors qu'elle filait vers la porte. Elle lui donna le nom d'un hôtel qui ne lui disait rien. Ce n'était probablement pas un endroit où la mère de son futur enfant devrait dormir et il le lui fit remarquer, impassible devant le regard noir qu'elle lui jetait en retour.

Il ne voyait aucun mal à se marier pour les convenances. Ils éviteraient le déshonneur d'avoir un enfant illégitime et poursuivraient leur relation jusqu'à ce qu'ils se fatiguent l'un de l'autre. Alors elle pourrait tout de même rester chez lui, et profiter de sa fortune cependant qu'il resterait discret sur ses aventures. Il lui témoignerait le respect dû à la mère de son enfant, sans bien sûr l'aimer comme femme et comme épouse. Cela, il ne pouvait s'y engager.

— Bon, je t'y conduis moi-même, à cet hôtel, mais je reste convaincu que tu pourrais trouver mieux. Je n'ai qu'à passer un coup de téléphone pour te réserver la meilleure chambre de Londres.

— Je ne veux pas la meilleure chambre de Londres.

— Mais bon sang, pourquoi est-ce que tu dois être aussi têtue ?

Elle était arrivée à la porte de l'appartement et il mourait d'envie de la reprendre dans ses bras et de la basculer sur le lit. Sous les draps, il pourrait la garder près de lui. Car là, elle acceptait enfin de cesser de le contredire… Sa vie semblait partir dans toutes les directions lorsqu'elle n'était pas à ses côtés. La voir au mariage, un peu plus tôt, l'avait désarçonné. Comment réussirait-il à travailler en la sachant enceinte de son enfant, et seule ?

— Je suis têtue, moi ? Honnêtement, Cesar, je te retourne le compliment. Tu es l'homme le plus têtu que je connaisse ! Tu n'acceptes jamais qu'on te refuse quoi que ce soit !

— J'essaye de rester raisonnable, Jude, il faut arriver à un compromis…

— J'ai fait un compromis, Cesar. Je t'ai annoncé la nouvelle, non ? J'aurais très bien pu te laisser en dehors de tout cela. J'aurais pu disparaître et mettre ce bébé au monde sans que tu n'en saches jamais rien.

— Cela ne te ressemblerait pas, Jude, tu es trop honnête pour ça. Et puis disparaître, d'accord, mais pour aller où ? Ne penses-tu pas que Fernando et Imogen auraient fini par te poser des questions en voyant ton ventre s'arrondir ?

— Tu te souviens de ce que je viens de dire à propos de ton entêtement ?

Il s'immobilisa alors qu'ils descendaient vers sa voiture

et elle sourit de le voir pris en défaut. Mais il reprit vite son assurance.

— Crois-moi, Jude, ce n'est que le début.

Cesar échafaudait déjà un plan pour la suite. Elle ne voulait pas l'épouser, pas encore, mais elle allait forcément le revoir. Il n'allait pas disparaître en attendant le coup de fil qui le préviendrait de la naissance de son enfant.

— Très bien, finit-il par dire dans la pénombre de la voiture, une fois que le chauffeur les eut installés. Pour l'heure, j'accepte que tu montres des réserves concernant mon offre. Même si je ne comprends pas pourquoi tu gaspilles tant d'énergie à négocier.

Avec toute la tension emmagasinée ces derniers jours, Jude se laissa aller à un moment de faiblesse.

— C'est vrai que je suis enceinte, et le stress est forcément mauvais pour l'enfant…

Elle vit Cesar hocher la tête, les yeux fixés sur la route. Après tout, sans doute se faisait-il peu à peu à l'idée de cette grossesse, à l'idée d'avoir bientôt un enfant. Et peut-être commençait-il à apprécier ce que l'avenir lui réservait… Même s'il n'était pas forcément réjoui du choix de la mère.

— Exactement, dit-il, et je pense que tu devrais lâcher du lest. Je fais des efforts vers toi, et tu devrais faire de même. J'ai une proposition.

— Est-ce qu'elle va générer du stress ?

— Non. A vrai dire…

Cesar la regarda et elle crut déceler de la tendresse dans ses yeux.

— A vrai dire, peut-être même le contraire. Cela va te simplifier la vie, et je pourrai au moins dormir en paix. Je veux te savoir proche de moi. Je suis de la vieille école, il faudra que tu t'y fasses.

Jude soupira, mais il continuait sur sa lancée :

— La mère de mon enfant ne peut pas habiter au

milieu de nulle part, et refuser tous mes efforts pour l'aider, simplement parce qu'elle est trop fière.

Ils arrivaient à l'hôtel de Jude, qui, même inconnu de Cesar, semblait tout à fait convenable. A côté de lui, Jude le regardait :

— Alors ?

— Eh bien, tu…

Tu vas déménager. Il avait failli le dire tout net, mais ç'aurait été agiter un drapeau rouge devant un taureau furieux. Il fallait se montrer diplomate.

— Je pense que ce serait une excellente idée de te voir déménager pour habiter un peu plus près de chez moi. Je sais que tu as ton travail, mais tu es en free-lance, non ? Finalement, tu pourrais habiter où tu veux…

— Oui, mais…

— C'est bien ce que je me disais. Tu pourrais louer le cottage pour des vacances, par exemple. Les gens adorent les petites maisons de campagne pour passer le week-end, même si j'ai toujours du mal à comprendre pourquoi. Quant à moi, j'achèterai un endroit où je peux me rendre plus facilement sans avoir à prendre l'hélicoptère de la société. Et il y a des endroits magnifiques autour de Londres, à portée de train…

Jude allait lui répondre que son cottage était très accessible, qu'elle l'avait aménagé à partir de rien et qu'elle en éprouvait une réelle fierté, mais elle ne put que dire :

— Tu ne peux pas m'acheter une maison, Cesar…

— Et pourquoi pas ?

La Bentley venait de se garer devant l'hôtel.

— Les gens ne font pas ce genre de choses.

— Je pensais qu'il était établi que je ne faisais pas les choses comme la plupart des gens… Quel genre de maisons aimes-tu ?

Jude n'avait aucune intention d'accepter une offre aussi invraisemblable, mais elle ne put s'empêcher de repenser à la demeure de Cesar, tout en planchers luxueux et en œuvres d'art hors de prix.

— Rien qui ne ressemble à chez toi, répondit-elle.

Il lui lança un sourire inattendu et moqueur.

— Qu'est-ce qui ne va pas dans mon appartement ?

— Je n'aime pas trop le cuir. C'est trop froid en hiver et ça colle à la peau en été. Et ces meubles modernes… Et puis ces tableaux, ça n'a pas de sens.

— Rien d'autre ?

— Ça ne te manque pas d'avoir un jardin ? Un carré d'herbe où s'asseoir en été, avec un verre de vin ?

— Non. Qu'est-ce que tu n'aimes pas d'autre ?

— Désolée… Je ne veux pas avoir l'air de remettre tes goûts en cause, mais…

C'était un peu tard pour des excuses, mais Cesar avait l'air ouvert à la critique et elle ne put s'empêcher d'ajouter, dans un élan de franchise :

— On ne dirait pas qu'il est habité…

Elle se demanda à quoi ressemblait la maison qu'il avait partagée avec sa première femme. Y avait-elle apporté sa touche ? Avait-elle mis des fleurs ? Acheté des livres de cuisine qui dormaient aujourd'hui, inutilisés, au fond d'un carton ?

— A quoi ressemblait ta maison en Espagne, quand tu étais marié ?

Cesar fronça les sourcils. Il n'y avait jamais vraiment repensé. Tout souvenir associé à Marisol avait été isolé dans une partie compartimentée de son cerveau.

— Elle était… assez grande.

Il aurait fallu qu'ils sortent de la voiture et qu'il la raccompagne jusqu'aux marches de l'hôtel, mais il se sentait bien, si proche d'elle dans l'habitacle obscur de la voiture… Ces moments étaient importants, tenta-t-il de se convaincre. Jude n'était plus une simple passade. Elle était devenue bien plus importante que cela. C'était son devoir de rester auprès d'elle, de parler, d'observer les expressions fugaces qui se peignaient sur son visage, trahissant chacune de ses émotions les plus secrètes.

— Mais encore ?

— Je ne me souviens plus du nombre de pièces. Il y en avait… beaucoup. Beaucoup de marbre, aussi. C'était un cadeau de ses parents.

— Cadeau utile, sourit Jude. Même si je préfère personnellement ce qui est modeste mais confortable…

— Je sais, maugréa Cesar.

— Enfin, je… Je crois que je vais y aller. Je suis épuisée.

Elle étouffa un bâillement et se souvint de ce qu'il avait dit à propos de leur nécessaire proximité, dorénavant. Elle ne voulait pas rouvrir le débat, et il était assez tentant de se laisser bercer d'illusions, ne serait-ce qu'un instant. Il lui avait dit qu'il voulait l'épouser, qu'il la voulait proche de lui. Elle avait bien le droit de rêver un peu, après tout… S'imaginer avec lui, dans leur maison… Pourquoi pas ? Demain, elle prendrait son courage à deux mains et l'appellerait pour lui dire qu'il n'était pas question d'acheter une maison pour elle, mais pour ce soir, elle s'accordait une part de rêve.

Trois jours plus tard, elle cherchait encore à joindre Cesar, et toujours en vain. Il avait disparu pour conclure une affaire importante, aux dires de sa secrétaire. Il n'était pas non plus joignable sur son portable : cela fit comprendre à Jude qu'il était temps de redescendre sur terre. Toutes les promesses de Cesar n'étaient que des belles paroles… Comme d'habitude, il ne pensait qu'à son travail qui passait avant tout le reste.

Jude chipotait dans son bol de céréales, ressassant les événements récents, lorsqu'on sonna à sa porte.

Elle alla ouvrir et le découvrit, stupéfaite.

— Qu'est-ce que tu fais ici ? J'essaye de te joindre depuis trois jours !

— J'avais une affaire pressante à conclure, je ne pouvais pas être dérangé. Il va falloir que tu ailles te changer, prends une tenue confortable.

— Pourquoi ? Je ne vais nulle part.

— Pas besoin de monter sur tes grands chevaux. J'ai simplement quelque chose à te montrer.

9.

— C'était ça, ton affaire pressante ?

Ils venaient de finir le tour de la maison… Depuis que Cesar avait évoqué la possibilité de la loger quelque part, Jude ne songeait qu'à refuser catégoriquement cette solution. Elle avait en vain cherché à le joindre pour le lui dire.

A moins d'une heure de Londres, ils avaient rejoint un petit hameau. Durant tout le trajet, Cesar avait catégoriquement refusé de lui expliquer la raison de leur déplacement, entretenant une conversation légère et usant de faux-fuyants. Maintenant, ils étaient arrivés.

Cesar avait prêté une grande attention à ce qu'elle lui avait dit de sa maison idéale : celle-ci n'avait rien d'ostensible, rien de moderne, même s'il suffisait d'un coup d'œil pour voir que tout y était de qualité. La cuisine campagnarde en chêne ainsi que le lit immense de la chambre étaient splendides, et avaient dû coûter une fortune.

— Voilà ce sur quoi je travaillais, confirma-t-il en plantant ses yeux sombres dans ceux de Jude.

Il avait dû agir vite, mais ses moyens l'avaient naturellement aidé à trouver la maison qui convenait dans un village à distance idéale de son lieu de travail et de son appartement.

— Promène-toi et prends le temps de tout regarder avant de dire quoi que ce soit, lui avait demandé Cesar en voyant la protestation se peindre sur son visage. Si tu n'aimes pas ce lieu, je respecterai ton choix.

Il avait misé sur le fait que la maison ferait le travail de persuasion pour lui. Sans être certain de sa réussite, il savait qu'il avait ses chances. Jude avait réagi avec un étonnement d'enfant devant le petit jardin et son verger de pommiers et de pruniers, s'était arrêtée pour contempler les vieilles pierres de la maison, la belle cheminée ornée de carrelage, dont la date était gravée sur le manteau… Visiblement, elle goûtait la chaleur de la vieille maison d'époque victorienne. Cesar sentait son triomphe prendre forme.

— Alors, demanda-t-il d'un air innocent quand ils eurent bouclé la visite, qu'est-ce que tu en penses ? Elle te plaît ?

— Comment ne pas l'aimer…

Ils étaient revenus à la cuisine, assis l'un en face de l'autre à la grande table en pin massif où était disposé un grand vase de fleurs sauvages.

— C'est à une distance idéale du centre de Londres. Et ce n'est pas très loin de chez toi non plus. Tu pourrais sans problème retourner là-bas pour le travail, voir tes amis…

Jude voyait la tentation danser devant ses yeux. Cesar ne l'aimait pas, mais il prenait soin d'elle parce qu'elle portait son enfant. Bien sûr, elle ne l'épouserait jamais, mais il était plutôt réconfortant de songer qu'il serait toujours là en cas de problème.

— Je peux acheter la maison aujourd'hui, reprit-il d'une voix enjôleuse. Les propriétaires sont prêts à la vendre avec les meubles. Tu pourrais être installée à la fin de la semaine…

Il lui laissa le temps de s'imaginer ici, ne voulant pas la braquer en la pressant.

— Mais on n'a même pas pris le temps d'en parler ! objecta Jude. Je n'arrive pas à croire que tu puisses trouver une maison et supposer que je vais y vivre sans même me consulter !

— Est-ce que tu aurais été d'accord pour chercher la maison avec moi, dans ton état ? C'est beaucoup de fatigue…

— Peut-être pas, mais ça n'a rien à voir.

— Si, ç'a tout à voir. Tu m'aurais mis des bâtons dans les roues et m'aurais rendu la vie impossible. J'ai pris la décision de m'en occuper seul pour trouver le meilleur endroit, et le plus vite possible. Je fais cela tout le temps dans le cadre de mes affaires…

— Mais je ne suis pas une de tes employées, Cesar ! Tu ne peux pas te conduire en patron et me donner des ordres.

— Je n'ai jamais acheté de maison à l'un de mes employés, si ça peut te rassurer. Maintenant que tu as vu l'endroit, dis-moi ce qui ne te plaît pas.

— Ce n'est pas à propos de la maison, bien sûr que je l'adore, je te l'ai dit.

— Tu aimes la maison, et le lieu est parfait. Donc, tu veux juste exercer ton droit au refus de manière totalement arbitraire. Tu portes mon enfant, et en conséquence, tu fais ce que tu veux, c'est ça ?

— Bien sûr que non…

— Alors donne-moi une raison concrète de ne pas prendre cette habitation, Jude, et épargne-moi les grands discours

— J'ai un tas de choses chez moi…

— Ce sera réglé en un rien de temps.

— Mais déménager, ce n'est pas rien ! Et puis je ne peux pas te laisser l'acheter pour moi…

— Est-ce que tu me laisserais l'acheter pour mon enfant ?

Cesar haussa les épaules, tant les questions d'argent lui étaient abstraites, et conclut :

— Si tu préfères, la maison restera à mon nom jusqu'à

la majorité de notre enfant, date où elle lui reviendra. Ça n'a aucune importance de toute façon.

Jude entendit l'argument et elle se sentit perdre du terrain. En plus de cela, l'amour qu'elle portait envers et contre tout à cet homme ne l'aidait pas à penser de manière raisonnable. Il faisait tout ça pour elle, et pour l'enfant.

— Eh bien…

En entendant ces deux petits mots, Cesar sut qu'il avait gagné. Elle allait venir vivre ici. Son propre soulagement le surprit.

— Je n'aime pas trop l'idée d'accepter cela, se sentit-elle obligée d'ajouter. Mais je peux peut-être faire un compromis, et nous en reparlerons à la naissance de l'enfant.

— Tout ce que tu veux.

Quinze jours plus tard, Jude amenait ses derniers dessins dans la maison. Le déménagement s'achevait. Il lui était de plus en plus difficile de s'accrocher à l'image d'un Cesar arrogant et uniquement tourné vers ses affaires, prêt à la laisser tomber dès qu'il se lasserait d'elle. Il avait entamé une opération séduction, l'appelant au téléphone, l'aidant à mettre en location de son ancienne maison, contrôlant le déménagement de manière que rien ne soit laissé au hasard et qu'elle ait le moins de tracas possible. Elle en venait à se demander s'il avait encore du temps pour ses affaires, mais lorsqu'elle y avait fait référence, il avait eu un geste rapide de la main, comme pour évacuer un sujet sans importance. Jude finit par ne plus se poser de questions, acceptant sa présence et gardant pour elle le plaisir qu'elle ressentait en sa compagnie.

Ils ne se touchaient jamais, pourtant. Il l'accueillait à chaque fois d'une bise légère sur la joue, et ils se séparaient de la même manière. Cela donnait l'impression à Jude d'être un objet inanimé, quelque chose à protéger, mais pas à chérir. Cesar avait dépassé le stade de l'attirance physique, et même si elle l'avait prévu, elle ne pensait pas que cela arriverait si vite et elle se sentait affreusement vide en y pensant.

Une semaine après son installation, elle se laissa aller à l'idée de tester ses limites. Cesar l'avait appelée un peu plus tôt pour la prévenir qu'il l'emmenait dîner, ce qui impliquait invariablement une réservation dans un restaurant hors de prix. Mais elle décida de jouer une autre carte.

Il se présenta à son porche à 19 heures précises. Il avait quitté son travail tôt pour un vendredi, jour où il restait souvent au bureau jusqu'à une heure avancée. De plus, Cesar avait même pris le temps de se changer, passant un jean noir et une veste légère très élégante qui mettait ses muscles en valeur.

— J'ai décidé de cuisiner quelque chose, dit Jude en guise de préambule.

Elle l'entraîna dans la cuisine à sa suite.

— D'où ces délicieuses odeurs... Mais pourquoi t'être donné tout ce mal ? On pouvait sortir...

— Tu ne te fatigues jamais de dîner dehors ?

— C'est un mode de vie auquel on se fait... Tu as vu mon frère, récemment ? dit-il tout à trac, changeant radicalement de conversation. Il commence à ressembler à un homme marié !

C'était ainsi qu'il se comportait, dorénavant, badinant sur tout, sautant d'un sujet à l'autre, mais sans jamais montrer la passion qui le caractérisait lors de leurs premières rencontres. Pendant le dîner, il parla de Freddy et de son club de jazz qui allait ouvrir dans trois mois. Les perspectives étaient encourageantes et l'investissement se révélait judicieux, sans doute profitable à court terme. Jude en était ravie, mais s'il croyait qu'elle allait lui tresser des couronnes de laurier pour avoir cru en son frère, il se trompait. Elle déclara à brûle-pourpoint.

— Est-ce que tu trouves que je commence à grossir ?

Elle se tourna pour qu'il puisse inspecter son profil et la petite bosse qui commençait à déformer son ventre, ainsi que ses seins, bien plus gros qu'auparavant. Son petit haut noir les mettait admirablement en valeur, sachant qu'elle ne portait pas de soutien-gorge, n'ayant pas encore eu le temps d'en acheter un à sa nouvelle taille. Cesar détailla l'ensemble avec un petit raclement de gorge. Ces dernières semaines, il avait pris du temps pour elle, se conduisant de la meilleure des façons, un vrai gentleman, ce qui n'était pas son habitude avec les femmes. Pourtant le souvenir de sa nuit avec Jude le hantait, son corps le hantait et voilà qu'elle lui présentait ses seins ronds et gonflés…

Mais elle ne voulait pas de lui. Ou tout du moins pas encore assez, et il n'allait pas tout compromettre à ce stade. Il voulait que son esprit soit aussi attiré par lui que son corps, pour qu'elle ne le rejette plus jamais au prétexte que leur liaison risquait d'être passagère.

— Une femme enceinte n'est pas grosse, répondit-il de la manière la plus neutre possible.

Il savait qu'elle ne portait pas de soutien-gorge, s'en était rendu compte à la minute où elle avait ouvert la porte. Ses tétons aussi devaient être gonflés par la grossesse. Il essayait de ne pas détailler de manière trop évidente ce qui était offert à sa vue.

— Eh bien, je me sens grosse, continua Jude, en passant une main sur son estomac. J'étais si mince avant et maintenant tout est gros, partout… Pas seulement mon estomac.

Cesar jeta un regard à ses seins.

— On pouvait s'y attendre.

Il avait parlé sans avoir à s'éclaircir la gorge, ce qui était surprenant.

— Il va falloir investir dans des tenues plus larges, poursuivit-il. Il existe des magasins spécialisés dans les vêtements de grossesse. Choisis ce que tu préfères, sans regarder le prix. Inutile de dire que tout sera pour moi.

Jude soupira avec un mélange de frustration et de résignation. Elle avait essayé et avait échoué : si elle arrachait ses vêtements pour se mettre nue devant lui, il lui dirait probablement de veiller à ne pas attraper froid. Avait-il remarqué qu'elle ne portait rien en dessous de son haut ?

— Est-ce que tu as utilisé la carte bleue que je t'ai donnée ? reprenait Cesar, se réfugiant derrière la sécurité d'une conversation sur les comptes.

Si elle savait l'effet qu'elle était en train d'avoir sur lui, elle fuirait à l'autre bout de la maison.

— Ta carte ? Bien sûr que non ! s'exclama Jude.

La maison était pourvue d'un lave-vaisselle, mais elle aimait la faire à la main et commença à s'y employer avec vigueur.

— Je continue à travailler, poursuivit-elle. Dans un mois je toucherai en plus le loyer du cottage, alors mes finances se portent à merveille. Je n'ai pas encore besoin de puiser dans la vaste fortune des Caretti !

— Tu me jettes ça au visage comme si c'était une insulte que de te le proposer…

Jude aimait l'idée de se disputer avec lui, dans l'espoir que ce genre de conversation réveillerait la passion dont Cesar manquait si terriblement ces derniers temps. Mais étrangement, la grossesse la calmait, et elle choisit de profiter de sa soirée qui fut très agréable. A 23 heures, Cesar se leva pour prendre congé et la prévenir qu'il serait absent plusieurs jours à partir du lundi. Adossé à l'encadrement de la porte, il lui demanda si tout irait bien pour elle.

— Bien sûr que tout ira bien, répondit Jude. Je ne cesse

de te répéter que je n'ai pas besoin qu'on me surveille comme une mère poule.

— Merci ! Je me sens très viril quand tu dis cela.

— Je n'ai pas à te dire que tu es viril, gronda Jude. Tu sais que tu l'es.

— Oh oui, je le sais.

Il avança sa main pour venir la poser sur le ventre de Jude, caressant légèrement la peau sous le tissu de sa jupe. Jude sentit des étincelles courir le long de sa colonne vertébrale et se demanda comment Cesar réagirait si elle saisissait sa main pour la faire remonter sous son T-shirt.

— J'ai acheté un de ces bouquins de grossesse, lâcha-t-il avant de fourrer les mains dans ses poches.

Jude éclata de rire.

— Tu as acheté un manuel de grossesse ? Tu ne me l'avais jamais dit ! C'est ta lecture de chevet ? Moi qui pensais que tu te couchais avec des tonnes de rapports et ton ordinateur portable !

— Je l'ai lu en diagonale, répondit Cesar à contrecœur. D'ailleurs je te le déconseille : ces livres sont pleins d'histoires affreuses.

Elle se mit à rire en l'imaginant plongé dans pareille lecture et rétorqua :

— Ces histoires-là n'impressionnent que les femmelettes.

— Je croyais que j'étais viril ?

Elle sourit à son trait d'humour et il reprit :

— Ça va entre nous, Jude, non ? Admets-le. On peut parler, rire ensemble, on s'apprécie… Dis-moi pourquoi tu trouves cela si difficile de t'engager. C'était moi qui étais censé avoir peur de ce genre de choses.

— Ne gâche pas la soirée, Cesar…

Il ne l'aimait pas, ça suffisait à justifier son refus. Et en outre, à ce qu'elle avait pu constater, il ne semblait même plus physiquement attiré par elle. Il pouvait parler d'engagement, mais à la fin des fins, on en revenait à un mariage arrangé. Il ne fallait surtout pas oublier la main de fer sous le gant de velours. Devant elle, Cesar contenait son impatience avec difficulté.

— Non, bien sûr, ce serait dommage, finit-il par répondre avec une courtoisie délibérée. Tu sais que je dois aller à New York quelques jours pour signer un contrat. Tu as tous mes numéros, Jude. Appelle-moi, d'accord ?

Jude n'en avait pas l'intention, craignant de développer une dépendance à sa voix et à son charme amical. Et à vrai dire, elle attendait avec impatience d'avoir un peu de temps pour elle. Elle pourrait se consacrer à son travail, à quelques projets en attente… Il faudrait aussi rendre visite à Freddy et Imogen pour se souvenir de ce à quoi devait ressembler une union saine, entre deux personnes amoureuses. Rien de ce qu'elle partageait avec Cesar…

En tout état de cause, elle aurait suffisamment à faire pour ne pas pleurer sur son absence.

Jude aurait été bien incapable de prévoir ce qui arriverait le jeudi suivant, l'impensable, la seule chose que Cesar et elle n'avaient pas inclus dans l'équation. Quelques gouttes de sang seulement, mais lorsqu'elle les vit, elle sentit le sol s'effondrer sous ses pieds.

Dehors, la journée était splendide. Elle avait passé un agréable moment au travail, avec un jeune couple qui avait apprécié ses dessins. Dans la voiture, au retour, elle avait conclu, le cœur léger, qu'un esprit occupé était le meilleur des remèdes au problème que posait Cesar.

Mais quand elle comprit ce qui se passait, elle sentit une vague de panique l'envahir, puis la prendre entièrement. Devait-elle rester où elle était et attendre que le saignement cesse ? Elle essaya de se souvenir de ce qu'elle avait lu à ce sujet, mais elle ne se rappelait rien. Elle était terrifiée, paniquée à l'idée de perdre le bébé.

Et elle ne voulait pas appeler Cesar.

Lorsqu'elle eut enfin le courage de composer le numéro de son médecin, les mots s'entrechoquaient dans sa bouche. Il n'y avait probablement pas d'inquiétude à avoir, la rassura-t-il en vain au téléphone, mais pour être sûre, mieux valait se rendre à l'hôpital. Il les appellerait pour prévenir de son arrivée.

Après les couloirs, les blouses blanches et quelques spécialistes croisés à côté des infirmières, Jude appela Imogen pour la tenir au courant, gardant un ton léger, répétant sans y croire les paroles rassurantes du docteur.

— Pas besoin de prévenir Cesar, déclara-t-elle. Il vient à peine de rentrer de New York, il est sans doute fatigué et très occupé.

Tous les scénarios qu'elle avait imaginés dans sa tête, même les plus sinistres, ne reposaient que sur l'existence préalable d'un enfant. Elle n'avait encore jamais pensé à un futur sans l'enfant de Cesar. Elle était jeune et sa grossesse se déroulait bien. Comment aurait-elle pu se soucier de quoi que ce soit ?

Sans l'enfant, Cesar n'aurait rien à faire à ses côtés. Il n'aurait plus de devoir envers elle. Ni d'obligation à se montrer charmant et attentif.

A la maternité, on l'avait fait allonger sur un lit pour attendre l'échographie. Au bout de dix minutes, ses draps étaient déjà mouillés de sueur. Elle passa un premier examen, entendant à peine les paroles encourageantes des médecins, et on la fit attendre à nouveau. Elle aurait aimé que Cesar soit avec elle. Mais comment envisager sa réaction à l'annonce d'une mauvaise nouvelle ? Lorsqu'on l'étendit sur la couchette dans la salle d'échographie, son cœur battait la chamade. Mais elle fut vite captivée par tous les détails de la forme qui bougeait sur l'écran. Tout allait bien, lui dit-on d'une voix calme et apaisante. Il lui fallait simplement du repos.

Mais au fond d'elle-même, Jude savait que rien n'allait, au contraire. Même si le bébé était sauf, grâce au ciel. Cet incident sonnait comme un avertissement. Elle avait été entraînée dans une histoire qui la dépassait, s'était laissé bercer de belles paroles, fascinée qu'elle était par le charme de Cesar. Les médecins qui lui disaient que tout allait bien ne connaissaient rien de sa situation personnelle. Et puis, ne lui avaient-ils pas ordonné de garder le lit quelque temps, demeurant très vagues lorsqu'elle les interrogeait sur le pire des cas possible ? Elle devait prendre beaucoup de repos, ne cessaient-ils de répéter.

Il faudrait qu'elle voie Cesar, lorsqu'on la laisserait sortir. Qu'elle lui fasse savoir qu'elle avait enfin ôté ses lunettes rose bonbon et compris la réalité. Un homme comme lui, riche, puissant et éminemment sexy ne pouvait passer l'intégralité de ses nuits au travail, d'autant moins qu'il n'était plus attiré par elle. Les soupçons s'insinuaient en Jude, enserrant son cœur telle une branche de lierre.

On lui avait conseillé de passer la nuit ici, de manière à ce que les médecins puissent mesurer ses constantes. Le saignement avait cessé et son niveau de panique baissait en conséquence. Elle ne s'aperçut même pas qu'elle s'endormait.

Un bruit de pas dans la chambre et le raclement d'une chaise qu'on tirait la sortirent de sa torpeur. Jude savait de qui il s'agissait sans même avoir besoin d'ouvrir les yeux.

— Comment as-tu su que j'étais ici ? demanda-t-elle en le regardant.

Il était bien plus proche d'elle qu'elle ne le croyait, son visage à quelques centimètres du sien.

— C'est Imogen qui m'a prévenu. Bon sang, pourquoi ne m'as-tu pas appelé ?

— Je n'en voyais pas la nécessité.

Cesar refréna son envie de briser la chaise. Il avait déjà consulté les médecins et savait que tout était normal, mis à part un niveau de fatigue relativement élevé qui la contraindrait au repos pour les semaines à venir. Il lui était impensable de crier et il se contenta donc de répéter entre ses dents :

— Tu n'en voyais pas la nécessité…

— Non. Et Imogen n'aurait pas dû t'appeler. Je lui

avais d'ailleurs demandé de ne pas le faire. Je ne voulais pas te voir te précipiter à mon chevet, alors que tu as probablement mieux à faire après ton voyage à New York. C'était juste une petite frayeur, rien de plus.

— Je pense avoir le droit d'être tenu au courant de ce genre de frayeurs.

Quelques jours auparavant, elle aurait pu croire qu'il faisait attention à elle, qu'il lui montrait de la tendresse. La pensée lui aurait procuré une douce chaleur, elle aurait pu lui sourire et lui confier ses craintes. Elle aurait même pu lui avouer qu'elle était contente de le voir. Il l'aurait ramenée à la maison et aurait parlé de sa voix grave et rassurante, la convaincant qu'elle était bien plus qu'un simple incubateur à bébé. Mais elle savait que cela aurait été une illusion.

— J'espère que ce sera la dernière, répondit-elle simplement, et elle le vit froncer les sourcils.

— Qu'y a-t-il, Jude ?

— Qu'est-ce que tu veux dire ?

— Lorsque je t'ai quittée, tu étais de bonne humeur, heureuse. Est-ce l'inquiétude qui te mine ? Les médecins ont dit que tout allait bien. Ils ne veulent pas te voir t'angoisser.

Parce que le stress affecterait l'enfant. Il se moquait bien de sa santé !

— Bien sûr. Ce ne serait pas bon, acquiesça-t-elle cependant.

— Il faut que tu te reposes. Plus d'heures supplémentaires ou ce genre de choses. Dorénavant, tu suis les conseils des médecins. Je vais te trouver une aide à domicile. Quelqu'un qui puisse cuisiner, s'occuper de la maison, te décharger de toute fatigue. Si tu es en bonne santé, le bébé sera en bonne santé, c'est aussi simple que ça.

C'était aussi simple que ça. Ça l'avait toujours été.

— Et n'essaye pas de me dire que tu peux te débrouiller seule, reprit-il, devançant ses objections.

— Je n'allais rien te dire de ce genre. Je ne suis pas stupide, Cesar. Je sais que je vais avoir besoin d'aide pour la maison et je vais lever le pied question travail.

Elle se souvenait du visage terrifié de Freddy lorsqu'on avait admis Imogen à l'hôpital. Il était mort d'inquiétude, fou d'amour et de souci. L'inquiétude de Cesar, elle, ne concernait que la santé de son enfant.

— Je suis fatiguée, déclara-t-elle abruptement. La journée a été longue et il faut que je dorme.

— Tu auras besoin de vêtements de rechange, pour sortir.

Jude n'y avait pas pensé, et elle haussa les épaules en guise d'assentiment.

— Dis-moi ce qu'il te faut et je te l'apporterai.

— Tu n'as pas à t'en faire, Cesar, ton chauffeur peut s'en occuper.

Elle émit un bâillement pour signifier la fin de la conversation.

— Ne sois pas absurde, Jude.

Cesar ne tenait pas à voir son chauffeur fouiller dans les sous-vêtements de Jude, c'était plus qu'inacceptable.

— J'irai te chercher ce dont tu as besoin et je ferai en sorte qu'une gouvernante soit là lorsque tu rentreras. Je vais demander à ma secrétaire de régler cela.

Il sortit son téléphone et Jude l'entendit donner quelques directives rapides. Des consignes qui seraient suivies avec l'efficacité propre au salaire important que touchait la secrétaire, payée pour obéir.

Cesar avait essayé différentes techniques avec elle, songea Jude, des ordres directs aux sourires et à la sollicitude tendre et inquiète. Elle aussi avait été payée pour lui obéir, en quelque sorte. Elle habitait dans une maison qu'il avait choisie et un quartier qui lui convenait, pour des raisons qui l'arrangeaient, lui. Le mariage mis à part, il lui avait imposé tout ce qu'il désirait et elle n'avait montré aucune résistance. Mais la frayeur qu'elle s'était causée aujourd'hui lui avait amèrement rappelé ce qu'elle était aux yeux de celui qu'elle ne pouvait s'empêcher d'aimer : un ventre. Il fallait qu'elle se réveille, et vite, avant d'être incapable de faire marche arrière.

10.

J'ai bien réfléchi…

Jude était de retour dans sa nouvelle maison et Cesar ne tarderait pas à l'y rejoindre.

Une gouvernante avait été trouvée en un temps record et elle avait préparé la demeure en vue du retour de Jude. Elle n'était pas là pour le moment, Jude l'ayant envoyée faire quelques courses pour les prochains repas. Ainsi, lorsque Cesar arriverait, il n'y aurait qu'elle dans la maison. Elle avait tout prévu…

Elle se regarda dans le miroir de sa chambre et répéta le petit discours qu'elle avait préparé. Tout d'abord, elle allait s'assurer que la maison était bel et bien au nom de Cesar. La demande des documents qui le prouvaient lui permettrait d'établir la tonalité de la conversation qui allait suivre.

Mettre tout de suite les choses au point par rapport à l'acte de propriété l'aiderait à garder son sang-froid quand elle aborderait les sujets plus délicats, par exemple celui des limites qu'il fallait établir entre eux deux. Avec un peu de chance, elle ne se laisserait pas submerger par l'émotion… Bien sûr, Cesar prétendrait qu'aucune limite n'avait été franchie, qu'ils entretenaient une relation adulte et parfaitement amicale, et que cela serait très utile lorsqu'il s'agirait de s'occuper à deux de leur enfant. Elle avait déjà prévu la réponse à cet argument.

Dîner dehors ensemble, par exemple, c'était hors

limite. Elle ne voulait pas être à sa merci, à devoir lui accorder ce qu'il voudrait bien prendre d'elle sans pouvoir protester puisque c'était lui qui contrôlait sa vie. Elle comptait soulever le problème de leurs futurs partenaires : que se passerait-il lorsque l'un ou l'autre trouverait quelqu'un avec qui partager sa vie ? En fait, elle voulait faire comprendre à Cesar qu'elle n'envisageait pas qu'il soit pour toujours le seul homme dans sa vie…

Tout en se maquillant, elle se demanda à quoi pourrait bien ressembler ce personnage actuellement fictif, qui allait débarquer un beau matin dans son existence et avec qui elle aurait envie de vivre une autre histoire. Mais le reconnaîtrait-elle seulement alors que Cesar était devenu une obsession pour elle ? L'homme aurait beau avoir tous les atours du prince charmant, personne n'arrivait à la cheville de Cesar. En comparaison, les autres représentants de la gent masculine paraissaient bien fades. Cesar avait fait irruption dans sa vie, avait tout bousculé et elle, telle l'héroïne d'un sombre roman victorien, elle s'était pâmée et lui avait accordé tout son amour.

Dans la glace, elle se fit une petite grimace mi-figue, mi-raisin et rejoignit le salon. Du sofa où elle s'allongea, elle avait vue sur le jardin baigné de soleil. C'était très apaisant.

Elle entendit la porte d'entrée et sut que c'était Cesar avant même qu'il n'ait posé le pied au salon. Il apparut, superbe et sexy en pantalon de lin crème assorti d'un polo de rugbyman, qui, lui avait-il expliqué un jour, lui rappelait le bon temps de l'université, quand il était capitaine de l'équipe de rugby.

A le voir si beau, elle ressentit l'habituel petit serrement de cœur.

— Ah, dit-il avec un sourire d'approbation, tu t'es allongée. Bien, tu suis les ordres du médecin.

Il s'assit sur une chaise face à elle et croisa les jambes.

Elle lui avait dit de passer à 16 heures et depuis midi,

il n'avait pas arrêté de regarder sa montre. Quand il s'en était rendu compte, cela l'avait agacé. D'ailleurs, pourquoi lui fixait-elle une heure précise alors que d'habitude, elle était toujours contente de le voir, quel que soit le moment de sa visite ?

— Comment te sens-tu ? reprit-il avec sollicitude.

— Ça va, merci.

Et c'était tout ? Elle se montrait polie, mais d'une politesse froide, presque affectée. Ou était-ce son imagination qui lui jouait des tours ? se demanda Cesar.

— Et la gouvernante ? Tu en es contente ? Où est-elle, d'ailleurs ?

— Annie me semble parfaite. Je l'ai envoyée faire des courses parce que… enfin, je pense sincèrement qu'il nous faut avoir une conversation sérieuse.

Cesar n'eut aucun mal à reconnaître le ton que Jude employait. Il en avait usé lui-même plus d'une fois, généralement pour signifier à ses compagnes du moment la fin de leur relation… Dans ce cas, il leur offrait un superbe dîner dans un grand restaurant et puis, au dessert, en employant cette même intonation, il leur proposait d'avoir avec lui une petite conversation…

— Vas-y, dit-il d'un ton neutre.

Jude remarqua que le sourire avait quitté son visage, remplacé par cette expression fermée qui l'avait si souvent glacée par le passé.

— Eh bien, j'ai pas mal réfléchi, Cesar. Quand j'ai envisagé le pire pour… pour le bébé, j'ai compris qu'il fallait que nous mettions au clair certains détails de nos vies.

Elle s'éclaircit la gorge, attendant une réaction qui ne vint pas. Au bout d'un moment, Cesar se contenta de demander :

— Quel genre de détails ?

— La maison, pour commencer…

— Elle est à mon nom, comme tu me l'as demandé.

— Bien, dit-elle en baissant les yeux sous son regard sombre, dont l'éclair perspicace la faisait buter sur les mots pourtant si bien répétés devant son miroir. Mais il ne faudra pas omettre de me montrer les papiers…

Allait-elle seulement réussir à garder ce ton raisonnable tout au long de leur échange ?

— Comme tu voudras. Ce n'est pas difficile. Cependant, tu pourrais me faire confiance, remarqua froidement Cesar. C'est tout ?

Jude se racla la gorge. S'il avait des réserves par rapport à cette simple demande, qu'en serait-il du reste ?

— Eh bien… non, à vrai dire, ce n'est pas tout… Il faut que nous discutions de l'avenir : que se passera-t-il si nous rencontrons quelqu'un ?

Elle avait parlé d'un seul trait, craignant de ne pas pouvoir reprendre si elle s'arrêtait.

— Es-tu en train de me dire qu'il y a quelqu'un dans ta vie ? jeta Cesar, contenant difficilement sa fureur.

Ses yeux étaient comme deux pics de glace.

— Bien sûr que non ! Regarde-moi, Cesar, je suis enceinte !

Bien sûr qu'il n'y avait personne d'autre ! Pourquoi n'avait-il pu s'empêcher de poser cette ridicule question ?

— Mais cela peut arriver, reprenait Jude. Un jour. A moi comme à toi.

Elle avait vaguement espéré qu'il l'assurerait du contraire, mais il gardait les dents serrées, ce qui était normal de la part de quelqu'un qui ne voulait pas s'engager sur ses relations futures. Il lui avait offert le mariage, lui avait garanti la sécurité financière, tout comme si elle n'était qu'une employée digne d'une augmentation après une période probatoire satisfaisante. Il n'avait jamais parlé de fidélité… Elle donna voix à une question qu'elle n'avait jamais osé se poser :

— Cesar, pourquoi m'as-tu demandée en mariage ?

— Ah, non ! Pas encore cette discussion !

— Je sais que tu es du genre traditionnel et que tu n'aimes pas l'idée que le bébé naisse ailleurs qu'au sein d'une famille constituée. Mais n'est-ce pas aussi pour empêcher qu'un autre homme puisse élever ton enfant ?

— Jamais pareille idée ne m'est venue à l'esprit ! s'indigna Cesar.

Mais il ne put s'empêcher de rougir, de fureur ou d'autre chose ? L'idée ne l'avait-elle jamais effleuré ? Peut-être, de façon inconsciente… Etait-ce pour cela qu'il se sentait beaucoup mieux depuis qu'il avait persuadé Jude d'habiter plus près de Londres ? Afin de pouvoir garder l'œil sur elle ? Il n'aimait pas l'idée d'être possessif. D'ailleurs, il ne l'était pas. Enfin, pas avec ses conquêtes précédentes qui pouvaient bien faire ce qu'elles voulaient de leur temps quand il n'était pas avec elles. En fait, il était persuadé qu'elles ne se risqueraient pas à aller voir ailleurs, l'enjeu pour elles étant trop grand… Et avec Marisol ? Avec elle, oui, il s'était senti protecteur. Elle était si douce, si vulnérable… Elle avait besoin de protection, la réclamait inconsciemment. Mais s'était-il montré possessif ?

— Où veux-tu en venir ? reprit-il d'un ton dur. N'ai-je pas acquiescé à toutes tes demandes ?

Qu'est-ce qui lui prenait, à divaguer ainsi sur l'avenir ? Qu'est-ce qui avait changé en elle ?

Jude vit ses aristocratiques pommettes se colorer et comprit avec un terrible sentiment d'impuissance qu'elle avait visé juste. Il voulait l'attacher à lui, lui rendre impossible toute vie personnelle car il ne supporterait pas l'ingérence d'un autre homme dans la vie de son enfant. C'étaient ses règles qu'il voulait imposer, à l'exclusion de toutes les autres.

— C'est très simple, Cesar : je cherche à fixer quelques règles de base et si je ne l'ai pas fait plus tôt, c'est que je n'avais pas compris l'enjeu. La peur de perdre le bébé m'a fait comprendre certaines choses. Et depuis, je ne considère plus rien comme acquis.

— Est-ce que le médecin t'a dit quelque chose que je ne saurais pas ? demanda Cesar, les sourcils froncés. Si c'est le cas, il va m'entendre !

— Non, tu es au courant de tout, rassure-toi. Cela n'a rien à voir avec la santé du bébé, fit Jude, détournant les yeux pour ne pas voir l'expression de Cesar se fermer. C'est pour moi que je veux clarifier la situation. Pour nous, en fait.

— Alors si nous sommes les deux seuls en cause, il va falloir que tu t'expliques, Jude. Jusqu'à présent, tout se passait bien et brusquement, tu vois tout en noir.

— C'est vrai que nous nous entendons bien, mais il ne faut pas oublier que nous ne sommes pas de simples amis. Nous sommes deux personnes qui avons commis l'erreur de coucher ensemble sans songer aux éventuelles conséquences. Soyons réalistes, Cesar, nous n'aurions pas eu cette discussion si je n'attendais pas cet enfant. J'apprécie énormément tout ce que tu as fait pour moi et…

— Vas-tu arrêter de me traiter comme si tu parlais à un étranger ? cria Cesar avec colère.

— Et toi, vas-tu arrêter de hurler quand tu t'adresses à moi sous mon propre toit ?

— Sauf que ce n'est pas ton propre toit…

Un silence électrique s'ensuivit. Toute couleur s'était retirée du visage de Jude quand elle reprit la parole :

— C'est donc ainsi que ça marche avec toi, Cesar… C'est ta maison, donc on doit y appliquer tes règles ? Je dois filer doux sous prétexte que tu as payé ces quatre murs ? Mais rappelle-toi d'une chose : je n'avais rien demandé et j'étais très bien chez moi…

— Oh ! arrêtons ! Cette discussion est ridicule, gronda Cesar.

— Pas du tout. Et maintenant, réponds à cette question : comment te sentirais-tu si je rencontrais quelqu'un et que je veuille qu'il partage ma vie ? Un homme qui serait inévitablement en contact avec notre enfant ? Qui aurait sans doute une influence sur lui ? Est-ce que tu l'accepterais sans rechigner ? Ou est-ce qu'il faudra que je me conforme à tes volontés tant que je resterai sous ton toit ?

Cesar aurait bien aimé lui répondre qu'elle pouvait toujours faire ce qu'elle voulait, tant que son enfant restait en dehors de ses aventures, mais il en était incapable : la simple image de Jude dans les bras d'un autre le rendait fou de rage.

— Ton silence est éloquent, reprit Jude, tu n'as pas même besoin de mettre de mots dessus... Donc, tu penses pouvoir vivre une vie de célibataire tout en me gardant à la maison, payée pour effectuer mes devoirs de mère ?

— *Vivre une vie de célibataire* ?

Il écarquillait les yeux en la regardant, comme si elle était à deux doigts de sombrer dans la folie. Et Jude s'aperçut que son petit discours calme et soigneusement préparé avait vécu. A présent, elle se sentait au bord des larmes.

— Oui, insista-t-elle d'une voix étranglée. Par exemple, que s'est-il passé pendant ton voyage à New York ? Tu es allé te coucher bien sagement tous les soirs à 20 heures, tout seul ?

Elle avait presque honte de lui demander des comptes mais tant pis, il fallait crever l'abcès.

— D'ailleurs, tu peux bien faire ce que tu veux, reprit-elle très vite, tâchant tant bien que mal de sauvegarder un peu de sa dignité. Je mentionnais cela simplement pour démontrer la validité de mes arguments. Si tu es libre de tes actes, alors je veux pouvoir mener ma vie comme je l'entends.

— Bien, fit Cesar d'une voix sèche. Tu es donc en train de me dire que si j'avais passé mes trois nuits new-yorkaises dans le lit d'un ancien flirt super sexy, cela ne te dérangerait nullement ?

— Parce que c'est ce qui s'est produit ?

— Au risque de froisser tous tes préjugés, non. Il ne s'est rien passé du tout.

— Cela ne veut pas dire que ça n'arrivera jamais, s'obstina Jude, dissimulant de son mieux l'extrême soulagement qui l'avait envahie à la réponse de Cesar.

Elle savait pourtant qu'un jour, la réponse à cette même question serait positive et que ce jour-là, elle souffrirait mille morts. Car ce qu'elle ressentait pour lui aujourd'hui, elle le ressentirait encore dans le futur et jamais son infidélité ne la laisserait indifférente.

— Admettons que cela arrive : tu n'essaierais pas de m'en dissuader ?

— Et comment le ferais-je ? Cela ne servirait à rien, d'ailleurs. Tu es un homme libre. Même si nous nous mariions, tu garderais ta liberté et rien de ce que je pourrais faire n'y changerait quoi que ce soit.

Cesar songea qu'il avait été cet homme libre qu'elle décrivait, qui mettait fin à une relation par crainte de voir sa liberté menacée. Mais est-ce qu'un homme libre perdait le goût du travail parce que son esprit était absorbé par une femme entêtée, agaçante et qui n'avait aucun sens des limites à mettre à une conversation ? Est-ce qu'un homme libre comptait les heures qui le séparaient du moment où il retrouverait cette femme aux cheveux bien trop courts ? Depuis quand n'était-il plus un homme libre, en fait ?

Et voilà qu'à présent, elle enchaînait en lui parlant de Marisol, prétendant qu'il n'aimerait jamais qu'elle ! Cela avait pu être vrai à une époque, mais Marisol appartenait au passé et il coupa Jude en pleine tirade.

— C'est vrai, admit-il en posant les coudes sur ses genoux et en se passant la main dans les cheveux, un geste qui était devenu si familier à Jude qu'elle sentit sa gorge se serrer. J'ai aimé Marisol, mais nous nous sommes connus trop peu de temps pour connaître nos défauts respectifs. Je l'ai mise sur un piédestal tout de suite, et pendant bien des années après sa mort…

Jude se retint de poser la main sur sa belle bouche, pour l'empêcher d'aller plus loin et de lui faire mal avec ce qu'elle savait déjà : que Marisol était incomparable et que personne ne pourrait jamais rivaliser avec elle dans le cœur de Cesar.

— Elle était… soumise et douce, reprit-il.

— Tout ce que je ne suis pas, dit-elle amèrement.

Cesar hocha la tête, confirmant ce que Jude soupçonnait de leurs différences.

— Vous êtes tellement différentes l'une de l'autre… que je me demande si elle et moi étions véritablement assortis.

Jude releva la tête et plongea son regard dans les yeux de Cesar. Il semblait sérieux et une sensation étrange l'envahit, comme un tournis. Il lui semblait se tenir au bord d'un abîme dont le vide l'attirait…

— J'ai toujours cru qu'une épouse douce et soumise était ce qu'il me fallait, reprenait Cesar, jusqu'au jour où j'ai rencontré une entêtée, toujours prête à discuter chacune de mes paroles et qui a le culot de s'opposer à moi sur à peu près tout…

Jude retenait son souffle. Avait-elle soudain des problèmes d'audition ? Mais non, Cesar parlait avec calme et il semblait étrangement vulnérable, ce qu'il n'était pas d'habitude. Elle aurait voulu tendre la main vers lui et caresser son visage, mais elle avait trop peur de dissiper le charme…

— Quand j'ai quitté ton cottage, continuait Cesar, j'ai vraiment cru que je pourrais reprendre ma vie comme si rien ne s'était passé. J'étais habitué aux conquêtes d'un soir. Bien entendu, mon ego avait un peu souffert que tu ne cherches pas à me garder, mais je me disais que tout était pour le mieux. Pourtant, il y avait un hic : je n'arrêtais pas de penser à toi…

— C'est vrai ?

Cesar hocha la tête avec un sourire penaud.

— Je m'étais mise hors de ta portée, dit doucement Jude. Les hommes n'aiment pas qu'on les lâche… Tu voulais plus de sexe avec moi.

Cesar quitta sa chaise et vint s'asseoir à son côté sur le sofa. La chaleur de son corps lui avait tant manqué qu'elle se pressa contre lui. Il était vibrant, si merveilleusement vivant qu'il lui transmettait cette pulsion de vie. Sans lui, elle n'était qu'une ombre, sans forme ni contour…

— Le sexe… Ça comptait, bien sûr car je te désirais chaque fois que je pensais à toi, mais sans ta présence, je me sentais surtout… incomplet. Je crois que ce que j'essaie de dire, c'est que je t'aime. Je ne peux même pas t'imaginer avec un autre homme et cela n'a rien à voir avec le fait de protéger mon enfant d'une influence extérieure. Cela est dû à un sentiment bien moins noble, j'en ai peur. Je crois qu'il s'agit de jalousie…

— Tu es… jaloux ! s'exclama Jude avec un sourire ravi.

Elle lui prit la main et enlaça ses doigts.

— Je crois que c'est cela aussi, être amoureux.

— Je t'aime aussi, crois-moi… Depuis le premier jour !

— Dans ce cas, pourquoi ne fais-tu pas de moi un homme honnête en m'épousant, répondit-il avec un sourire.

— Je le veux de toutes mes forces ! J'attendais que tu prononces les mots qu'il faut et tu viens de le faire. Je t'épouserai quand tu voudras, dès demain si tu le souhaites !

Il leur fallut six semaines pour organiser une petite cérémonie très simple, avec la famille et les amis proches. Cesar avait voulu attendre que Jude soit bien remise et le médecin avait donné son aval, à condition qu'entre-temps,

Jude fasse une pause dans son travail, ce qu'elle avait accepté. Comme pour Imogen et Freddy, il n'y avait pas de lune de miel en vue pour l'instant, et comme Imogen, Jude s'en moquait éperdument. Du moment qu'elle était aux côtés de Cesar, ici ou aux antipodes, tout allait bien.

Ils partageaient à présent la maison victorienne achetée par Cesar et Jude ne reconnaissait plus le fou de travail qui ne passait même pas ses week-ends chez lui. A présent, Cesar rentrait chaque soir et parlait même de déménager encore plus loin de Londres. Pour un homme qui considérait à une époque le Kent comme le bout du monde, il avait fait des progrès considérables.

Après une grossesse sans autre souci, Jude mit au monde une petite Olivia Caretti, par un après-midi clair et ensoleillé. Comme pour compenser le souci que l'on s'était fait pour elle, la petite naquit calmement, sans même que sa mère doive avoir recours à une péridurale.

Tout comme sa cousine, elle avait une touffe de cheveux noirs, de grands yeux bruns, et un tempérament très accommodant. Elle acceptait avec des gazouillis ravis toutes les attentions dont elle était l'objet et souriait à qui se penchait sur son berceau. Elle fut baptisée quelques semaines après sa naissance. Imogen fut sa marraine et Freddy fut nommé parrain, à la condition expresse qu'il accepte de ne l'emmener dans son club de jazz qu'à partir de sa majorité… Le club en question prospérait, fréquenté par les meilleurs musiciens et en passe de devenir le plus coté de la région.

La vie n'aurait pas pu être plus belle et maintenant que Noël approchait, Jude et Cesar bouillaient d'impatience à l'idée d'acheter leur premier sapin…

— Le premier d'une longue série, précisa Cesar la veille de leur achat, alors qu'ils reposaient, blottis l'un contre l'autre après avoir fait passionnément l'amour. Et bientôt, j'espère que tu me donneras une bonne raison de déménager pour une maison plus grande...

— Quelle bonne raison ? demanda Jude d'un air innocent. Olivia n'a pas besoin de plus de place.

La petite dormait comme un ange dans sa belle chambre, à côté de celle de ses parents. Mais Jude savait bien de quoi Cesar voulait parler et depuis quelques heures, elle attendait le bon moment de lui dire ce qu'elle avait à lui révéler...

— A quoi croyez-vous que je pense, madame Caretti ?

— Eh bien, c'est curieux que tu y penses parce que cette bonne raison pourrait bien se présenter d'ici... disons, huit mois et demi. J'ai fait un test ce matin et il semblerait que ta virilité soit toujours aussi active, monsieur Caretti...

Retrouvez en mars,
dans votre collection

Azur

Cet odieux chantage, de Cathy Williams - N°3805

MARIAGE ARRANGÉ

Si elle veut recouvrer sa liberté, elle devra consommer son union avec Dio. Horrifiée, Lucy peine à croire à l'odieux chantage que lui impose son époux. Dès le début, pourtant, les choses étaient claires entre eux : leurs vœux de mariage ne seraient rien de plus que les termes d'un contrat d'affaires, et Lucy, qui s'est promis de ne donner son corps qu'à un homme qui l'aimerait, avait refusé d'offrir sa virginité à Dio. Mais aujourd'hui, alors qu'il la menace de ne pas signer les papiers du divorce si elle ne lui cède pas et qu'elle ne peut plus supporter cette mascarade, a-t-elle vraiment le choix ?

L'épouse d'Alessandro Ferrante, de Dani Collins - N°3806

Octavia est outrée : comment son mari, le puissant Alessandro Ferrante, peut-il exiger qu'elle rentre avec lui à Naples ? Après l'avoir laissée seule à Londres pendant sa grossesse et avoir manqué la naissance de leur enfant, il ose encore la soumettre à sa volonté ? Octavia en est consciente, Alessandro n'a pas l'habitude qu'on lui résiste. Cette fois, pourtant, il pourra bien tout tenter pour la faire changer d'avis, elle ne cédera pas. Maintenant qu'elle a un fils, elle ne peut plus se permettre de tout accepter par amour pour Alessandro, et sa décision est prise : elle le quittera…

Le secret d'une nuit de passion, de Lynne Graham - N°3807

Une nuit, une seule, au cours de laquelle elle a cédé à l'attirance irrésistible qu'elle éprouvait pour un inconnu… et la voilà enceinte ! Sous le choc, Grace ne sait comment réagir. Cacher à Leo sa paternité ne serait pas juste, elle le sait. Mais, malgré l'alchimie parfaite qui a opéré entre eux ce soir-là, Grace le connaît à peine. Tout ce qu'elle sait, c'est qu'un tel imprévu risque de fortement contrarier l'avenir tout tracé de ce séduisant homme d'affaires. Car aujourd'hui Leo Zikos est fiancé à une belle héritière censée lui assurer un avenir professionnel florissant…

Une bouleversante révélation, de Louise Fuller - N°3808

J'ai fait de toi mon épouse, et tu m'as rejeté sans pitié. Prudence sent le souffle lui manquer. Non seulement elle ne s'attendait pas – en acceptant cette mission d'expertise d'art – à tomber nez à nez avec Laszlo Cziffra, l'homme qu'elle a quitté sept ans plus tôt, mais sa déclaration la laisse sous le choc. Laszlo n'a tout de même pas cru qu'ils s'étaient *vraiment* mariés ? Le simulacre de cérémonie qu'ils ont célébré à l'époque n'était pas plus réel que son amour pour elle... c'est impossible ! Pourtant, le regard qu'il lui lance finit de la convaincre : il lui dit la vérité. L'homme qui lui a brisé le cœur en la laissant partir et qu'elle s'est juré d'oublier est toujours son mari... et aussi, désormais, son nouveau client.

Un impérieux désir, de Susanna Carr - N°3809

Après des années d'absence, Jodie est de retour à Athènes avec une seule idée en tête : renouer avec son père. Mais face à l'hostilité que lui témoigne son demi-frère par alliance, l'ardent Stergios Antoniou, elle n'est pas sûre d'y parvenir. Ce dernier ne la soupçonne-t-il pas, en effet, d'être revenue en Grèce dans le seul but de nuire à sa famille ? Et ne lui promet-il pas de tout faire pour l'en éloigner définitivement ? Pourtant, Jodie n'est pas dupe : si l'atmosphère entre eux est aussi explosive, c'est à cause du désir irraisonné qu'ils éprouvent l'un pour l'autre. Quoi qu'il en soit, elle ne se laissera pas faire. Son père est la seule famille qui lui reste, et elle n'y renoncera pour rien au monde...

Piégée par le cheikh, de Caitlin Crews - N°3810

Enceinte, seule et en fuite. Jamais Sterling n'aurait imaginé se retrouver dans pareille situation un jour... Pourtant, lorsqu'elle apprend que Rihad al-Bakri, le redoutable souverain du royaume du golfe Persique, est arrivé à New York, elle comprend qu'elle doit partir au plus vite, là où personne ne pourra la retrouver. Car si Rihad vient à découvrir qu'elle est enceinte, il ne lui laissera pas le choix : il l'emmènera, de gré ou de force, dans son royaume, pour faire de son bébé son héritier. Seulement, pour Sterling, il est hors de question de se retrouver à la merci d'un roi si impitoyable, aussi irrésistible soit-il...

A la merci du milliardaire, de Michelle Reid - N°3811

Comment Leo ose-t-il l'accuser d'avoir détourné les fonds de son entreprise ? Natasha est abasourdie. L'arrogance de ce milliardaire grec n'a-t-elle donc aucune limite ? Jamais elle ne pourrait se rendre coupable de telles malversations ! Malheureusement, les preuves l'accablent. Par elle ne sait quel moyen, l'argent dérobé sera effectivement transféré sur son compte dans six semaines. Six semaines qu'elle doit passer seule à Athènes avec Leo, qui exige en effet qu'elle séjourne avec lui jusqu'à ce qu'elle lui ait remboursé le dernier centime. Si elle refuse, il la livrera à la police. Contrainte d'accepter, Natasha s'en fait pourtant la promesse : elle prouvera à cet homme impitoyable qu'elle n'est pas la femme malhonnête qu'il croit...

Une fiancée pour Jake Ravensdale, de Melanie Milburne - N°3812

SÉRIE : SCANDALE CHEZ LES RAVENSDALE - 3E VOLET

Je suis la fiancée de Jake Ravensdale. Jasmine se surprend elle-même en prononçant ces mots, mais ce n'est que lorsqu'elle croise le regard stupéfait de Jake qu'elle prend conscience des conséquences de sa déclaration. Elle souhaitait simplement lui venir en aide : cet incorrigible et célèbre play-boy n'est-il pas harcelé par une femme dont il ne veut pas ? Inutile de s'affoler, se rassure Jasmine. Certes, les médias vont se délecter de cette histoire, mais il suffira que Jake leur annonce leur rupture d'ici quelques semaines. En attendant, pour elle, le plus dur reste à faire : convaincre le monde entier qu'elle est folle amoureuse de Jake, sans pour autant mettre en danger son cœur, qu'il a déjà brisé des années auparavant...

L'héritier secret des Kalliakis, de Michelle Smart - N°3813

SÉRIE : LA FIERTÉ DES KALLIAKIS - 2E VOLET

En acceptant de rédiger la biographie du roi d'Agon, Joanne n'avait qu'une ambition : faire son travail et gagner assez d'argent pour vivre confortablement avec son fils de quatre ans. Une décision qu'elle regrette pourtant, maintenant qu'elle se retrouve face à Theseus, l'irrésistible prince Kalliakis. Ou plutôt devrait-elle dire Theo. Car n'est-ce pas de cette façon qu'il s'est présenté lorsqu'ils se sont rencontrés, cinq ans plus tôt ? Pas étonnant qu'elle n'ait jamais réussi à le retrouver, puisque tout ce qu'il lui a dit, au cours de la nuit de passion qu'ils ont partagée alors n'était qu'un tissu de mensonges ! Aussitôt, la décision de Jo est prise : elle doit à tout prix lui cacher l'existence de son fils. Car, si Theseus vient à apprendre qu'elle a eu un enfant de lui, il pourrait vouloir les séparer...

La maîtresse secrète, de Marion Lennox - N°3814

SAGA : LE ROYAUME DES KAREDES - 3E VOLET

Jamais Holly n'aurait pensé revoir Andreas, le prince d'Aristos avec lequel elle a vécu une idylle passionnée, alors qu'elle n'avait que dix-sept ans. Pendant les quelques mois qu'avait duré le séjour d'Andreas en Australie, Holly n'avait pu s'empêcher de faire les rêves de bonheur les plus fous. Mais Andreas l'avait quittée pour rejoindre son destin : diriger Aristos avec son père, et épouser une femme digne de son rang. Seulement voilà qu'aujourd'hui la presse menace de dévoiler cette liaison qu'ils ont eue dix ans auparavant, et de révéler qu'un enfant est né de cette union illégitime. Ayant appris cela, Andreas exige que Holly quitte l'Australie pour venir s'installer à Aristos... et l'épouser !

Composé et édité par HarperCollins France.

Achevé d'imprimer en janvier 2017.

CPI
BLACK PRINT

Barcelone

Dépôt légal : février 2017.

Pour limiter l'empreinte environnementale de ses livres, HarperCollins France s'engage à n'utiliser que du papier fabriqué à partir de bois provenant de forêts gérées durablement et de manière responsable.

Imprimé en Espagne.